Für Ulli, Nora und Joshua

Ellen Kindschuh-van Roje

IRRITATIONEN

Geheimnisse   Unheimliches   Absurdes

Impressum
© 2021 Dr. Ellen Kindschuh-van Roje

Umschlagbild: © joruba istockphoto.com

Lektorat, Satz u. Umschlag:
Angelika Fleckenstein; Spotsrock

Verlag & Druck:
tredition GmbH
Halenreie 40–44
22359 Hamburg

ISBN
978-3-347-32530-2 (Paperback)
978-3-347-32531-9 (Hardcover)
978-3-347-32532-6 (e-Book)

Inhalt:

Verharren

„Bleiben Sie stehen!", erscholl der laute Ruf.

Der Mann an der Ampel verstand es nicht, er hatte nicht die Absicht gehabt, die Straße zu überqueren. Er schaute sich fragend und zaudernd um, sah niemanden. Das grelle Sonnenlicht, das die letzten schwachen Strahlen des Sommers verhieß, ließ ihn blinzeln. Er wollte wissen, wer ihn gerufen und zum Stehenbleiben veranlassen wollte.

Herr Dannenberg drehte seinen kahlgeschorenen Kopf und blickte den Fremden durch die runde Hornbrille irritiert an.

Herrn Dannenbergs sportlich legere Kleidung und seine Schuhe sprachen von einer teuren Marke. Hängende Wangen, triefende Lider, nach unten gezogene Mundwinkel, überlange Arme, zu große Hände und ein schleppender Schritt kennzeichneten ihn.

Er verharrte leicht gebeugt an der Ampel, geradezu bewegungsunfähig, gehorchte der drohenden Befehlsstimme aus dem Nichts.

Warum wollte der Rufer ihn warnen, und wovor? Was, wenn er ihm schaden wollte?

Herr Dannenberg versuchte sich langsam vom Schall wegzubewegen. Schritt für Schritt setzte er seine Füße vorsichtig in Richtung von der Ampel weg. Der Park lag nahe. Dort war er in Sicherheit, dachte er.

Seine Frau hatte er verlassen, war einfach ohne ein Wort aus dieser zehnjährigen problematischen Ehe weggelaufen, trank sich anschließend Mut an, um zu vergessen. Ines, diese stolze Frau mit ihrer geheimnisvollen Ausstrahlung hatte so gar nicht zu ihm gepasst. Die Gespräche zwischen ihnen waren stets kurz und sachlich gewesen, bis auf den Sex, der war es nicht. Kinder hatten keinen Platz bei ihm. Sie belästigten und bedrängten ihn eher. Und wenn er seine Freunde beobachtete, dachte er: Wie können sie sich das nur zumuten? Ines quälte ihn mit ihrem Kinderwunsch, es gab viel Streit und keine Aussicht auf Lösung.

Der Abend war hell erleuchtet, das Licht der Leuchtreklamen fraß sich seinen Weg bis in den Park und bestrahlte ihn, besudelte ihn. Herr Dannenberg warf sich in die Dunkelheit und schwamm davon. Der erneute Schrei „Halt! stehen bleiben!" erreichte ihn trotzdem noch. Er tat wiederum, was ihm von der Stimme befohlen. Eine eiserne Hand hielt plötzlich seinen Kopf fest, drehte ihn bis zum Anschlag nach links und etwas knackte. Er sah sich als zerbrochenen Spiegel, fasste um sich, um den Angreifer zu erreichen.

In seinem Inneren drehten sich die Gedanken. Wer wollte ihm was tun? Gelähmt gab er sich der Drehung hin und verharrte angsterfüllt. Noch ein Stück weiter, und er würde wie eine morsche Glasplatte zerbrechen. Der fremde Angreifer verhieß ihm lauthals Freiheit, wenn er stehenbliebe und sich nicht bewege. In seinem Gedärm brauste und zitterte es, so als müsse er sich übergeben. Seine Zähne klapperten aufeinander, das Herz war auf Augenhöhe angekommen, sein Atem ging stoßweise, der Blick starr und die sonst hängenden Lider nach oben geschoben und weit aufgerissen. Er fühlte sich gefangen in seiner Welt, der Fremde und er vereint in einem festen Griff.

„Wenn ich stehenbleiben rufe, dann muss man stehen bleiben", befahl der Fremde kalt.

Herr Dannenberg verstand es immer noch nicht, verharrte in Todesangst.

Der Fremde lockerte seinen Griff zunächst noch nicht.

„In Afghanistan musste man auf das Kommando hören, sonst war man tot," schnarrte er. „Die vielen Toten, die zerfetzten Körper, die unschuldigen Frauen und Kinderleichen, sie sind alle nicht sofort auf Anruf stehen geblieben. Stehenbleiben ist mein

Credo und ich will, dass das jeder erfüllt."

Herrn Dannenberg wurde es immer unheimlicher zumute in Gegenwart des Fremden.

„Wer nicht stehenbleibt, den bringt es um."

Herr Dannenberg schwitzte, sein Herz raste und jetzt lockerte der Fremde plötzlich seinen Griff. Dannenberg genoss das Gefühl neue Luft in seine Lungen einzusaugen und die Nacht erschien heller. Es schauderte ihn noch immer davor, den Fremden anzusehen, den Kopf zu wenden.

„Da gab es viele Situationen, die ich nie mehr vergessen kann. Mädchen zählen in Afghanistan nicht viel. Ein afghanischer Vater lief plötzlich vor unser Militärauto und warf seine fünfjährige Tochter davor. Wir haben sie nicht getötet. Wir sind stehengeblieben. Stehenbleiben kann Leben retten," fügte der Fremde eindringlich hinzu.

Herr Dannenberg war verwirrt.

Ines hatte vor Jahren einen schlimmen Fahrradunfall, er half ihr nicht nach einem heftigen Streit. Er blieb nicht stehen, um ihr zu helfen, fuhr davon.

Herrn Dannenberg gelang es, sich langsam aus dem Griff des Fremden zu lösen, und er floh aus dessen Nähe, stolperte durch den Park. Er schaute sich nicht um, wollte den Fremden nicht sehen und in seine Welt hineinlassen. Stehen bleiben – kein Tod – stehen bleiben – Tod, schwirrte es ihm durch den Kopf.

Er erinnerte seine Kindheit in seiner kleinen Familie. Vater, Mutter und er. Beide Eltern arbeiteten sehr viel, der Vater als LKW-Fahrer oft abwesend, die Mutter lange Tage in einem Supermarkt an der Kasse, seine Kindheit zu Hause wurde zum Fluchtpunkt. Er haute gern ab, ging gern zur Schule, freute sich, täglich das Haus verlassen zu können und andere interessantere Leute sehen zu dürfen.

Zu Hause stritten die Eltern meistens, wenn sie aufeinandertrafen. Er sah zu. Er hörte zu. Er spürte Angst. Die Mutter fühlte sich in der Ehe nicht gut und er hörte, wie sie sich ab und zu mit einem Liebhaber traf.

Eines Tages kam er nach Hause und hörte seine Mutter im Schlafzimmer. Er rannte schnell aus dem Haus mit wehendem Haar und Hass im Herzen auf den fremden Eindringling.

Seine Mutter schaute allerdings glücklich aus. Aber er mochte keinen anderen Mann im Haus. „Ich will so schnell wie möglich weg." Als Jugendlicher begriff er die Brisanz der Geschichte besser und hatte manchmal Mitleid mit seinem Vater, der von alldem nichts mitbekam und bei der Mutter blieb.

Die Jahre flossen vorbei, eine Jahreszeit reihte sich an die andere. Verwirrung, Unglück, Unzufriedenheit, Hilflosigkeit, Wehmut waren seine Begleiter. Er hielt Stillstand schlecht aus, war getrieben. Er bezog verschiedene Wohnungen für nur kurze Zeit, wechselte hektisch seine Bleibe, wenn ihm irgendetwas nicht passte, wechselte seinen Arbeitsplatz, wenn er sich gemobbt fühlte oder sein Gehalt nicht seinen Vorstellungen entsprach. Kurze Freundschaften mit Frauen gingen bei kleinen Konflikten auseinander.

Stehenbleiben ist nie gut, dachte er oft und hastete durchs Leben. Der Ruf des Fremden nach Stehenbleiben kam ihm in den Sinn. Stehenbleiben kann Leben retten, das hatte er jetzt verstanden. Aber das kann das Leben auch erschweren, Unglück und Verzweiflung und Schlimmeres nach sich ziehen.

Herr Dannenberg lief weiter ziellos durch die dunkle Stadt, achtete genau darauf, wer ging und wer stehen blieb, dachte sich bei jedem Menschen ihre persönlichen Geschichten dazu aus, wieso sie liefen oder stehen blieben. Sollte er gehen oder stehen bleiben? Stehenbleiben kann Leben retten, ging es ihm wie ein Mantra durch den Kopf.

Einmal blieb er stehen, der ICE nicht.

Nah und fern

Das Küchenfenster weist zum Hof hinaus und zum gegenüberliegenden Gebäude mit dem grauen Schieferdach. Rechts und links wird das Fenster von makellosem Eichenholz hochherrschaftlich eingerahmt. In der Sonne glänzt es lüstern, ich spiegele mich darin, an trüben Tagen hingegen liegt es ermattet und fahl darnieder.

Von draußen kann man problemlos das Innere im Blick haben, kann alles beobachten, was sich in dem Raum hinter diesem Rahmen abspielt.

Die erste Briefmarke klebe ich auf die linke obere Seite des Fensters. Der Kleister haftet so fest an meiner Hand, als wolle er mir die Haut abziehen.

Die Bäume vor dem Haus neigen sich zum Fenster, der Wind lässt sie lebendig sein, sie schaben mit ihren Ästen an der Fensterscheibe und erscheinen wie lange dünne alte Arme, die in ihren letzten Zügen nach Halt suchen. Ich klebe und klebe und klebe.

Das Haus auf der gegenüberliegenden Seite hat viele Fenster und Balkone mit bunten Geranien und anderen alten Gewächsen.

Ich klebe und klebe und klebe.

Frau Herbst schaut aus einem der Fenster hinter den gekräuselten Gardinen heraus und winkt mir zu. Ich winke zurück, notiere mir in meinem kleinen Notizbuch, dass ich den Eindruck habe, sie sei sehr allein und müsse sich durch mein Küchenfenster klammheimlich Freude stehlen.

Das Licht teilt mein Küchenfenster gleichmäßig ein in lange, klar abgegrenzte Streifen Helligkeit. Beim Haus gegenüber fällt ein grauer Schieferdachziegel zu Boden.

Ich hingegen klebe die nächste Marke aus Thailand in die rechte obere Ecke.

Meine Sicht bleibt nach wie vor ungetrübt, aber dem grauen versehrten Schieferdach von gegenüber fehlt jetzt ein Stück. Ist das Haus somit noch vollständig?

Die nächste Marke amputiert Frau Herbst einen Teil ihres Unterarmes, mit dem sie mir zuwinkt. Die 70-jährige Witwe ist einsam und das immer ganz besonders am Abend, dann kann sie nicht aus dem Fenster schauen, da fällt die Welt in sich zusammen und lässt nur noch gelegentlich ein paar Sterne übrig. Doch jetzt ist es erst Mittag, also lugt Frau Herbst vorsichtig hinter ihrer kleinen Nische hervor.

Soll ich Frau Herbst noch etwas mehr wegnehmen außer ihrem Arm?

Die nächste Marke aus Irland klebt. Die Sonne steht hoch am Himmel, lässt ihre grellen Strahlen wandern und verwandelt meine Umgebung in eine Badewanne voll mit goldenem Licht.

Geklebt habe ich schon immer gern, was darunter war, konnte verschwinden, es war, als hätte es das nie gegeben. Kleben heißt verstecken. Das Versteckte wird zwar akzeptiert und behalten, aber verdeckt.

Auf einmal muss ich an meine alten Schulhefte denken, in denen ich meine Fehler oft einfach überklebte. So waren die Unzulänglichkeiten schlicht unsichtbar, ohne ganz zu verschwinden.

Da kleben wieder zwei aus Kanada.

Draußen wird es immer heller, das Licht krabbelt in die kleinste Ecke des Gartens und beleuchtet messerscharf jeden Halm. Es ist Sommer. Mir gegenüber sitzen die Nachbarn auf ihrem Balkon und sonnen sich. Sie halten ihre Füße über die Brüstung und wackeln mit den Zehen. Ich klebe meine Marke aus Pakistan drauf und patsch, so ist schon wieder ein Fuß mit Sandale verschwunden.

Jetzt klebt Indien, neben der Marke links oben.

Im Garten schräg gegenüber schwappen Kinderstimmen zu mir hoch, verwirren mich etwas, Gläser klirren, ich sehe die Kleinen auf einer Schaukel sitzen, die bunten Beine frech in die Luft gestreckt. Die Schaukelbewegung wird jäh unterbrochen, die Kinder hängen in der Luft als flögen sie, denn ich klebe England drauf. Jetzt muss ich mich sogar etwas bücken, um die nächste Marke aus Libyen zu kleben.

Die Straße glitzert und glimmert vor Hitze, der Asphalt wölbt sich. Über dem Haus gegenüber hängt der Himmel wie eine weiße Lache aus dünner Milch.

So klebe ich und klebe ich, bis alles verschwunden ist, eingefangen in die Welt der Marken. Bei mir verengt sich mein Blick in die Ferne durch die Ferne, die Marken aus allen Ländern dieser Erde schmälern meinen Blick, lassen in der Ferne nur noch das Nahe zu. Schon immer liebe ich das Widersprüchliche und das Absurde.

Ich reise gern, entfliehe der Begrenzung und dem Verklebten einer Stadt!

Soeben kommt der Briefträger, ein Mann, der mir schon viele Jahre die Post bringt. Seine schmale knorrige Hand wird zwischen meinen Marken sichtbar und ebenso seine speckige Kappe und seine schäbige Jacke. Ich nehme das Klappern des Briefkastendeckels wahr. Sein dürrer Unterkörper ist hinter den Marken verborgen, ich muss ihn nicht mehr zukleben.

Langsam frisst sich die Dämmerung durch die Stadt, und Hundebesitzer führen ihre Brut aus, ich sehe einen Kampfhund, dessen Schnauze ganz schnell hinter Dänemark verschwindet. Wieso soll er auch hier sein? Alles, was meinen Augen nicht gefällt, verstecke ich, verklebe es und vernichte es damit, so als habe es dies nie gegeben.

Der Abend naht mit schnellen Schritten, das Licht fällt nur noch in kleinen Spänen durch das Fenster, ich muss mich beeilen, wenn ich noch rechtzeitig die Dunkelheit erreichen will. Ich möchte weiter kleben, meine Sicht verengen.

Jetzt die letzte Marke aus Afrika drauf. Innen mutet mich ein großes buntes fast surreales Gemälde mit Bildern von Symbolen, Königsoberhäuptern, Tieren an. Draußen eine weiße Wand, ein Stück Mauer scheint durch das letzte rechteckige Fenster, fahl, grau mit schwarzen Schlieren am Mauerwerk wie vom herabfallenden Regen. Jetzt ist es dunkel. Geschafft!

Ich reise gern.

Ich werde mein Rot noch finden

„Rote Haare Erlenhecken, da muss bestimmt der Teufel drin stecken", trällerte Ben, schwang sich auf sein altes Rad und machte sich weiter auf die Suche nach seinem Rot. Mit seiner azurblauen Kappe und dem darunterliegenden schwarz gefärbten Haarschopf, der hervorquoll wie eine dicke bedrohliche Wolke, war er ein Hingucker. Ein bunt gepunktetes Sweatshirt, eine hellgelbe Jogginghose mit lose um seinen Bauch geschwungener, abgegriffener Kordel rundeten das Bild ab. Giftgrüne Sneakers traktierten die Pedale heftig. Ben war schnell und wendig, fuhr in Schlangenlinien durch die Stadt, und wich mit seinem Fahrrad allen Leuten geschickt aus. Ein kleiner Mann mit bunt und schwarz zugleich, das war er, auf der Suche nach seiner perfekten Farbe.

Seine Lieblingsfarbe war Rot, nicht irgendein Rot, da gab es unzählige Schattierungen von, nein, es musste ein bestimmtes Rot sein. Welches, wusste er nicht so genau – noch nicht.

Im Park, durch den er radelte, leuchteten die roten Tulpen, eine Weigelie blühte blassrosa, und das Gelb des Ginsters sowie die blauen Kornblumen strahlten um die Wette. Das verunsicherte seine Farbwelt. Dies empfand er als Verrat. Sein Blick war nur auf ein bestimmtes Rot gerichtet.

Auf der schmiedeeisernen Bank, die Ben ansteuerte, saß eine ältere Dame. Die dürren knochigen Hände auf dem Bauch gefaltet, die Lippen geschürzt, starrte sie stumm in die bunte Welt. Sie trug einen grauen Rock, dazu einen schwarzen abgetragenen Kurzmantel und graue Schnürschuhe. Die grauen Locken kringelten sich auf ihrer Stirn und versteckten hier und da ihr gerötetes Gesicht mit den roten Äderchen, die sich wie feine Rinnsale unter der Haut abzeichneten. Ben näherte sich ihr und besah sich sein erstes Rot. Das schmale Gesicht glänzte und die rote livide verfärbte Nase stach hervor.

„Wie hässlich," dachte Ben, und verwarf innerlich dieses unklare Rot. „Das ist nicht mein Rot. Das ist Betrug, so etwas suche ich nicht."

An der Frau vorbeigehend, rollte er seine Augen fast in den Kopf hinein und murmelte vor sich hin: „Das ist nicht mein Rot, nein, das ist nicht mein Rot."

Die Frau schaute irritiert auf, erhob sich langsam von der Bank und schlich gebeugt von dannen.

Rot hatte in Bens Leben immer eine große Rolle gespielt. Als Kind mit flammend roten Haaren sprang ihn der Spruch wie ein tollwütiger Hund von allen Seiten an: „Rote Haare Erlenhecken, da muss bestimmt der Teufel drinstecken."

„Ja, das tut der Teufel dann auch wohl," grinste Ben in sich rein. Verstecken konnte er seine roten Haare nie, erst jetzt hatte er sie durch schwarze Farbe vom Bösen erlöst.

Pfeifend radelte er weiter, den Blick immer auf mögliche Beute ausgerichtet. Die Sonne trat ihr Nachmittagsleuchten an. Das Licht sprang hin und her, schlug mit seinem Rad Kapriolen, spiegelte sich in seinen Speichen, rollte stumm mit ihm mit. Schweiß lief in seinen Ärmel, kitzelte ihn und bei jeder warmen Windböe zog sich sein Magen zusammen. Gefühle der Vorfreude auf rote Beute gaben ihm das Gefühl, als krampfe sich in ihm alles zusammen.

Nahe am Park musste er eine belebte Straße überqueren und starrte auf die rote Ampel. Die konnte er durchaus in seine Suche mit aufnehmen, denn schließlich zeigte das Rot ein Verbot an.

„Die Ampel zeigt Rot, gleich bist du tot," sang er vergnügt, hielt sich aber trotzdem an die Regeln und blieb stehen.

Farben waren schon immer seine große Leidenschaft gewesen, denn Grau hatte sein Leben bestimmt. Die Großmutter war grau, das Dach des

Elternhauses ebenfalls und das Gesicht seiner Mutter, wenn sie nach der Nachtschicht im Krankenhaus morgens am Küchentisch saß.

Farben verwandelten ihn, Farben ließen ihn wachsen und groß werden. Diese Erfahrung brannte sich in die Tristesse seines Gedächtnisses ein. Farben trösteten und regten ihn gleichzeitig an. Farben ließen wenig Verwechslung zu, kleine Kinder lernten über Farben die Welt zu entdecken.

Er hatte immer gern gemalt als Kind, wenn er allein mittags am Küchentisch saß und der Hausschlüssel an einem schwarzen Band um seinen Hals baumelte.

Der Vater hatte die Familie verlassen als Ben 10 Jahre alt war. Er war LKW-Fahrer gewesen und traf auf seinen Touren eine jüngere, weniger müde Frau. Das war hart für die Mutter und auch für ihn. Davor war er gern mit seinem Vater angeln gegangen oder hatte ihn auf seinen Touren quer durch das Land begleitet.

Nach der Trennung war nichts mehr, wie es war. Er blieb zurück mit dieser erschöpften Frau, seiner Mutter, zurück am Küchentisch, an dem sie morgens saß, den Kopf in die Hände gestützt, den Blick starr auf den Geschirrberg in der Spüle gerichtet.

Der Vater hatte die gleiche Haarfarbe wie er gehabt und Ben spürte, dass sich seine Mutter deswegen nicht nur schämte, sondern auch wütend war auf dieses Rot. Es erinnerte sie an all die Verletzungen und die Schläge, die immer noch auf ihrem Gesicht brannten. Dafür hasste er den Vater, der ihm so viel Leid vererbt hatte.

Die Stadt raunte und stöhnte mal laut mal leise an jeder Ecke. Das wilde Durcheinander von Verkehr und Menschen machte es ihm schwer, seine perfekte Farbe zu finden, sein Hirn schwirrte und summte wie ein riesiger Bienenstock, er fand keine Klarheit. Die ihn umgebenden Farben drangen wie giftige Schlangen in jede seiner Hirnwendungen und brachten seine Welt durcheinander.

In der Bäckerei mit dem Café neben der Hauptstraße trafen sie sich. Die verschiedensten Haarfarben von Blond, Rot, Braun, Schwarz, Grau, strähnigem Mittelaschblond über punkig leuchtend blau gefärbtem Haar war alles vertreten.

Ein Halbwüchsiger mit leuchtend roten Haaren fiel ihm auf. Sein Beißen in das knuspriges Käsebrötchen ließ Ben aufhorchen. Rhythmisches Kauen auf der Stelle. Fasziniert beobachtete Ben, wie die himbeerrote Zunge des Rothaarigen nach Krümeln im Mundwinkel angelte. Aber auch das Himbeerrot war nicht das, wonach er suchte. Es faszinierte ihn trotzdem. Es war zwar nicht das Rot, das er suchte, aber eventuell der Beginn eines Erfolges.

Die flammend roten Haare leuchteten in der Sonne wie Feuer und ließen in Ben das Bild eines brennenden Mannes entstehen. Ben stellte sich einen kauenden Schlund vor, der ihn zu verschlingen schien. Ben konnte seinen Blick nicht abwenden und bewegte seine Kiefer ebenfalls im Takt. Der Junge stand auf, bezahlte und verließ das Café. Ben folgte ihm mit einer genüsslichen Vorfreude.

Zunächst überquerte er neben ihm eine Straße, um ihm danach dicht auf den Fersen zu bleiben. Der Junge schlenderte langsam vor sich hin, zog ein Bein nach dem anderen nach und blickte weder nach rechts noch nach links. Seine Jacke wehte im Wind und gab ihm den Anschein, als flöge er davon. Unter den zu langen Ärmeln ballte er seine Fäuste. Ben hatte den Eindruck, als schrumpfe die Stadt, als würden alle Geräusche nach und nach verschwinden. Er hatte nur noch Augen für den feuerroten Schopf und verfolgte dessen Fährte. Er jagte ihn.

Sein Weg führte ihn durch den schmalen Tunnel unter der Eisenbahnbrücke, doch plötzlich bog der Junge nach rechts ab in einen winzigen Waldweg. Ben hatte ihn verloren.

Auf einmal erschien vor seinem inneren Auge eine riesige Landkarte mit tausenderlei Farben: Purpurrot, Rosa, Hellrot, Dunkelrot, Weinrot,

Burgunderrot, Orangerot, Scharlachrot, Feuerrot, Braunrot. Unendlich viele Rots gab es und Ben war sich sicher: Ich werde mein Rot noch finden.

„Passen sie auf, wo Sie herfahren," schimpfte ein Mann und wich Ben gerade noch aus.

Ben starrte ihm nach und folgte ihm, denn er trug einen roten Rucksack. Er war von kleiner Statur und trug eine graue Leinenhose, die ihn unsichtbar werden ließ und im Kontrast zu seinem Rucksack stand. Er hatte leuchtend rote Haare, so wie die, die Ben erlöst hatte. Er nahm erneut die Verfolgung auf.

Der Mann bewegte sich langsam, sodass Ben sein Rad schieben musste. Der Rucksack leuchtete ihm dabei wie eine Boje den richtigen Weg. Gebannt starrte Ben darauf und fragte schließlich den Unbekannten: „Woher haben sie diesen Rucksack?"

Der Mann musterte ihn mit großen Augen und blaffte: „Wieso wollen Sie das wissen? Den habe ich gefunden, der war eigentlich schwarz, aber ich habe ihn gefärbt, weil ich Rot so mag. Jetzt ist er schön rot."

Ben sah ein schadenfrohes Grinsen in seinem Gesicht und hatte plötzlich das Gefühl, einem Doppelgänger gegenüberzustehen. ER färbt den Rucksack. Ich meine Haare. ER will Rot. Ich auch.

Verwirrung machte sich in Ben breit. Und auf

einmal verstand er, dass er diesen Rucksack um jeden Preis haben musste.

„Ich gebe Ihnen Geld dafür, wenn sie mir Ihren Rucksack überlassen, denn sein Rot ist genau mein Rot, das ich schon so lange suche."

Der Mann richtete seinen Blick in stummem Entsetzen auf Ben, verständnislos.

Langsam beschleunigte er seinen Schritt.

Ben stieg wieder aufs Rad, blieb dicht hinter ihm.

„Gib dein Rot, sonst bist du tot," trällerte er vor sich hin.

Die Sonne entschied sich dafür, Ben das Rot des Rucksacks gnadenlos einzubrennen und zu verstärken. Es gab keinen Ausweg.

Der kleine Mann floh so schnell er konnte, denn er witterte die Gefahr.

„Gib dein Rot, sonst bist du tot", schrie Ben lauter.

Jetzt rannte der Mann um sein Leben und stolperte hinter der nächsten Kurve.

Ben schloss sein perfektes Rot fest in seine Arme und ließ den Mann leblos im Graben liegen.

Mord in der Kleinstadt

Die Glocken schlagen 13 Uhr, als ich mich durch den Nebel in die Stadt zurückkämpfe. Unglaubwürdig sind viele Dinge und nicht alles ist erklärbar.

Ich spreche von einer Kleinstadt im Norden Hessens. Haus nach Haus drängelt sich um einen Kirchturm herum, von oben sieht das aus, als wären sie kleine Kugeln, die beschützt werden müssen. Die Stadt ist düster, kleine Fachwerkhäuser mit schweren Giebeln, und die Leute schauen immer aus den Fenstern heraus. Oft sind es die älteren Frauen, die jedes Treiben auf den Straßen betrachten, und ich fühle mich von deren Neugier schier erdrückt. Die Blicke folgen jedem, und wenn ich Pech habe, höre ich auch Kommentare zu meiner Person.

Das Flair, das in der Stadt herrscht, lässt sich schwer beschreiben. Klein, schwermütig im Norden Hessens gelegen, düster, überall Geflüster, Gerede und neugierige Blicke. Unerträglich.

Ich lebe hier nicht unbedingt ungern, bietet diese Stadt doch auch Aufregendes und Bedrohliches zugleich, eine gewisse Spannung.

Die Kirche bildet den Mittelpunkt dieser runden kleinen Stadt. In ihr wird getauft, sonntags gesungen, konfirmiert, Tote werden beweint und betrauert, Kinderstimmen werden laut. Diese kleine Stadt bewohne ich, lebe in einem alten Fachwerkhaus mit schiefen Wänden und unebenen Fußböden, die knarren, wenn man über sie hinweggeht. Ab und zu helfe ich in einem Blumengeschäft, um kunstvolle und harmonische Gebilde zu binden.

Das Haus, in dem ich lebe, ist durch einen Winkel getrennt vom Nachbarhaus. Der dunkle spannende Winkel hat sein Eigenleben. So ächzt und stöhnt es darin öfter. Er beherbergt Insekten, nachtaktive Vögel, Mäuse quieken, Ratten pfeifen. Das Konzert der Natur ist immer interessant für mich. Der Winkel ist zur Straße hin durch ein kleines geschwungenes Holztor geschützt, das jedoch den Blick, wenn man sich auf die Zehen stellt, in den schwarzen Schlund zulässt. Ich schaue oft in den Winkel. Das tue ich jeden Tag einmal, wie ein Ritual, es erregt mich auf seltsame, nicht zu beschreibende Weise. Spinnweben, unterbrochenes Gemäuer, Dreck und loses Laub machen den Winkel zu einem unheimlichen und unheilschwangeren Gang. Er ist schwarz und undurchsichtig. Hier sind Geheimnisse zu Hause.

Im Haus nebenan lebt Hüne mit seiner Frau, er

hat eine Bäckerei. Er ist ein 1,90 m großer, fülliger und kompakter Mann, der sich schwerfällig in seiner Bäckerei bewegt. Auf Anfrage bekommt der Kunde schweigend seine bestellte Backware. Dabei lassen seine buschigen und dichten Augenbrauen keinen freien Blick auf seine Augen zu. In seinem Laden liegen Tüten, Zangen für das Gebäck und Schaufeln für Brötchen herum, und hinter der Theke liegt immer ein Hammer. Damit schlägt er sicherlich harte Brotkrusten entzwei, denke ich. Die Ware übergibt er immer schweigend an seine Kunden, blickt nicht auf. Das Klingeln der Ladentür ist erleichternd, ich war wieder draußen; ich mag ihn nicht.

Frau Hüne ist eine kleine unscheinbare Frau, zwar freundlich, jedoch geht der Blick ihrer blassblauen Augen immer ins Leere. Sie stammt aus einem kleinen Ort in der Nähe der Kleinstadt und hilft ihrem Mann in der Bäckerei. Sie ist etwas dicklich, ohne übergewichtig zu sein, ihre weiße Schürze wogt auf ihrem Bauch auf und ab, und sie schlurft mit Holzpantinen durch die Bäckerei. „Lauf endlich mal richtig", schreit er oft.

Meine Aufgabe besteht, wie gesagt, darin, in einem Blumengeschäft zu helfen, harmonische bunte Gebinde herzustellen und an den Kunden zu bringen. Das bereitet nicht immer Spaß, habe ich doch auch einige unzufriedene Kunden.

Reni Grund lebt hier, eine bekannte Stadtgröße würde man sagen. Alles an Reni ist rund, ihre Augen, ihr Busen, ihre Hüften, ihre Beine, ich nenne sie Reni Rund. Wenn sie läuft zieht sie ein Bein nach, sie hinkt, ist wohl eine alte Verletzung aus ihrer Kindheit. Reni ist 26 Jahre alt, etwas klein geraten, sie arbeitet an der Kasse eines Supermarktes. Ihre Haare trägt sie offen, sie sind von einem schrillen Rot, sie kleidet sich darüber hinaus eher schlicht, mit halblangen Röcken, farblosen Pullovern, Stiefeletten und einem Anorak darüber, wie aus einer anderen Zeit.

Jeder in der Stadt sieht ihr nach. Sie wirkt durchaus nicht unattraktiv. Die Männer mögen Reni Rund, sie scheint offen gegenüber jedermann, flirtet auch mit vielen. Vielleicht entsteht ihre Attraktivität dadurch, dass sie so anders ist als alle anderen in der Stadt. Woher ihre Verletzung stammt, ist nicht bekannt.

Ich spüre zu Reni keine besondere Verbindung, betritt sie doch relativ selten den Blumenladen. Wenn sie kommt, dann beachte ich sie allerdings besonders, weil ich immer das Gefühl bekomme, sie bringt Leben und Spannung in die Stadt hinein.

Nun geschieht es allerdings so, dass sie den Tod hineinbringt.

Der Fluss der Kleinstadt trägt in diesem Sommer wenig Wasser und man kann die Algen sehen, die giftig grün und schlickig bis zum Ufer reichen. Alles ist verschlammt und sieht unansehnlich aus, wie frische Eingeweide. Das Ufer ist schwerer zugänglich als sonst, etwas Rotes leuchtet am Ufer, ich trete näher und blicke auf Reni. Sie liegt da wie ein Engel mit ausgebreiteten Flügeln und schaut in den Himmel, erblickt das gemalte Blau mit toten Augen. Sie starrt mich an.

Fasziniert bleibe ich stehen, verharre und blicke auf sie herunter, kann meinen Blick nicht abwenden, obwohl ich es will. Langsam hebe ich die schweren Lider und melde, was zu melden ich für nötig befinde.

Das ist der Renner in der Stadt. Reni hatte es sich mit einigen in der Stadt verscherzt, aber wer kann an ihrem Tod solch ein Interesse haben, dass er diesen Schritt geht.

Was mich angeht, so habe ich mich einige Male über sie sehr geärgert. So stolpert sie an einem hellen Tag in den Laden, stößt einen Topf mit frisch gepflückten, schön angeordneten Rosen um, schenkt dem Geschehen aber keine große Bedeutung, dreht sich um und geht. Ich verglühe fast vor Ablehnung und lodernder Wut und will es ihr heimzahlen in einem passenden Moment. Irgendetwas stößt sie in mir gefährlich an. Nun ja.

Hüne hat einen Bruder, der mit Reni eine Liebesbeziehung angefangen hatte. Aber Reni verließ ihn schon bald nach Beginn des Verhältnisses. Der Bruder verfiel in depressive Stimmungen. Seine Ehe ging kaputt, da Reni das Verhältnis natürlich nicht geheim hielt, sondern jedem, der es hören wollte, ausgeplaudert hat. Das wog für den Bruder schwer.

Es kommen also einige für ihren Tod in Betracht. Nicht zuletzt auch Frau Hüne, die die Flirtversuche ihres Mannes Reni gegenüber sehr wohl wahrnimmt, aber außer strafenden Blicken nichts darüber verlauten lässt.

Die Straßen der Kleinstadt sind am Tag nach dem Mord voller Nebel, der in Schwaden vor sich hin wabert. Einige kleine Geschäfte schließen an diesem Tag ihre Läden, und die Gespräche der Bewohner verstummen an keiner Ecke. Spannung liegt in der Luft, nimmt mir fast den Atem. Es ist nicht vorstellbar, wer so etwas getan haben könnte.

„Was ist passiert?" „Wie ist sie gestorben?" So gestaltet sich das Drama natürlich spannend und Gerüchte nehmen ihren Lauf. Ich selbst habe keine Ahnung – und ehrlich, so sehr interessiert es mich auch nicht. Irgendetwas allerdings fasziniert mich doch an Reni und stößt mich gleichzeitig ab. Ich kann es nicht benennen, sie stellt für mich etwas Böses dar, trotz ihrer Armseligkeit.

Jeder verdächtigt jeden nach dem Mord, und man kann fast von paranoiden Zuständen sprechen. Jeder will etwas zur Geschichte von Reni Runds Tod beitragen. Voyeurismus wechselt ab mit ehrlichem Bedauern, Schadenfreude mit Schuldzuweisungen.

„Na, da hast du es, musstest nicht jeden so anmachen", „passt ja auch nicht so in unsere Stadt", „Das arme Ding".

Die Kleinstadt hat ihre Sensation und lebt in einer gewissen Weise auf. Ich selbst müsste eine Ahnung haben, aber es kommt nicht an mich heran. Ich habe eine gewaltige Distanz zu ihrem Leid und Wohlergehen. Dennoch lassen mich Gedanken nicht los.

Wie starb Reni Rund und wieso? Es ist nicht leicht rauszufinden, das hoffe ich. Nun, willst du wissen, wie ich dann damit umgegangen bin?

Ich fröne, wie gesagt, meiner Obsession, ich schaue gern in den Winkel zwischen den beiden Häusern. Er verströmt eine große und auch gefährliche Anziehungskraft für mich. Er stellt zwar nur einen dunklen Spalt zwischen den Häusern dar, aber für mich lebt er, bringt immer neue Töne hervor und ist spannend, er beeinflusst mich, er verändert und bedrängt mich auch. Alles bekommt eine andere Bedeutung und Wertung plötzlich. Nachts lebt der Winkel, es rumort darin, was mir einerseits Angst macht, aber andererseits genieße ich auch die Spannung.

Im Winkel sehe ich im gegenüberliegenden Fenster oft Licht, das ist wohl das Bad von Hüne und seiner Frau. Manchmal höre ich sie reden, mal leise, mal lauter. Hüne geht hin und her, spricht mit seiner Frau, mal laut, mal gedämpft. Die dumpfen Schatten beider hinter dem Badezimmerfenster erscheinen unheimlich, gespenstisch, weil nur schemenhaft Figuren erkennbar sind und auch die Worte nicht richtig zu verstehen sind.

Nun, die gesamte Stadt sucht den Mörder und das Motiv. Gibt es immer eins?

Es ist eine kalte Klarheit, dass es nur einer von ihnen aus der Stadt gewesen sein kann. Motive werden hin und her geraten, alle haben etwas dazu beizutragen, jeder nach seiner Fasson. Ein Motiv für den Mord an Reni haben wohl einige Personen, Hüne, seine Frau, der Bruder von Hüne und auch ich.

Eines Nachts befinde ich mich plötzlich im Winkel, laufe die dunklen Wände hinauf und schlängele mich zwischen den Spinnweben hindurch. Hüne schaut aus dem Fenster und langt mit seiner Pranke nach mir, gibt mir einen Schubs, und ich falle ins Bodenlose.

Ich erwache mit dem Gefühl, dass der Winkel mich verändert hat und ich nicht mehr ich selbst bin. Als ich dann später in den Winkel sehe, breitet sich in mir eine große Klarheit aus. Ich sehe Reni vor mir, hinkend, rothaarig zum Fluss gehend, ich steuere ihr nach, sie dreht sich um und lacht mich aus.

Der Stein wiegt schwer in meiner Hand.

Der Weg

„Das haben wir doch schon geklärt", sagte Lisa. Sie wollte nicht mehr über diese furchtbare Situation sprechen. Sie drehte sich um und verließ den Weg, der zu ihrem Haus führte. Nur weg, nur weg.

Im Sommer hatten sie immer zusammen gegrillt, schöne Stunden mit gutem Essen, viel Spaß und feucht fröhlicher Stimmung verbracht. Die fünfjährigen Kinder beider Paare nahmen auch daran teil, sie verstanden sich alle gut. Lena und Ingo mit ihrer Tochter Lotte, Lisa und Rene mit ihrer Tochter Inge. Als Nachbarn sahen sie sich fast jeden Tag, grüßten sich nicht nur beiläufig, sondern blieben in der Regel stehen und fragten den anderen etwas Persönliches. Manchmal war das angenehm, aber nicht immer, man fühlte sich auch ausgefragt.

Rene war Schreiner, ein stiller Mensch, schlank, groß mit strohblonden Haaren, fast wie ein holländischer Seemann. Er hatte ein rötliches, etwas aufgedunsenes Gesicht und erinnerte mit seinen Schlabberhosen und dem Kapuzenshirt an einen Dauercamper, sein Äußeres schien ihn nicht sehr zu interessieren. Ihn störte das Toben und Lachen der Kinder oft, obwohl er nichts dazu sagte.

Lisa kleidete sich häufig mit Schürze, Jeans und T-Shirt, in Einheitskleidung. Ihre Frisur erinnerte an alte Zeiten, und sie wirkte mit ihren toupierten Haaren überfrisiert, trug viel zu viel schwarzen Kajal auf. Lisa erteilte oft ihre wohlgemeinten Ratschläge, vielfach wollte dies keiner hören, aber die Höflichkeit gebot, ihr zuzustimmen. Sie redete viel und wartete nicht unbedingt auf die Reaktion ihres Gegenübers. Beide Kinder freundeten sich an.

Wenn die Kinder sich verstanden, taten es zwangsläufig auch die Eltern. Lisa und Rene, in dem kleinen Ort am Rhein sehr verwurzelt, zählten viele Cousinen, Cousins und diverse andere Freunde zu ihrem Kreis. Nie hätten sie sich freiwillig aus diesem Ort wegbewegt. Die Tochter Inge war mit ihren 5 Jahren sehr aufgeweckt, sagte jedem, was sie dachte, ins Gesicht. In der Straße galt sie als sehr beliebt.

Lena arbeitete als Reisebürokauffrau und Ingo auf einem Amt. Lena, eine attraktive Blondine mit Modelfigur, war das Gegenteil von Ingo. Immer sehr stilvoll gekleidet, fast zu modisch, jedem Trend nachjagend, das Gegenteil von Ingo. Als Beamter immer korrekt gekleidet, strahlte er etwas Ruheloses aus, ständig war er in Bewegung. Seine Augen konnten kaum einen Punkt fixieren, seine Hände wedelten ziellos umher, wenn er erzählte. Er wollte immer weg, ganz im Gegensatz zu Lena. Die Aura eines Flüchtigen umgab ihn und steckte auch teilweise andere an. Bei Lotte, einem eher stillen Kind, wusste man nie so genau, was sie dachte und fühlte.

Der Sommer war sehr heiß und in der gesamten Siedlung standen für die Kinder die kleinen Pools bereit, in denen sie ihren Spaß haben konnten. Das Plantschen und Toben erschallte immer sehr weit und war richtiger Lärm. Wasser schien für die Kinder ein nicht wegzudenkender, fast unheimlich großer Anziehungspunkt zu sein.

Der extrem heiße Sommer wollte nicht enden mit seinem schönen Wetter, und die beiden Paare beschlossen, einen gemeinsamen Urlaub an der See zu machen. Die Pension an der Nordsee war einfach, lag nahe am Meer. Sie hatte eine Küche, ein Wohnzimmer und 3 Schlafräume, man konnte alles gut aufteilen.

Schnell hatten es sich die Kinder im Sandkasten vor der Tür bequem gemacht. Die beiden Paare stießen auf ihre Ferien an, wobei Ingo immer etwas mehr trank, als er vertragen konnte, dabei auch einige Male die Kontrolle über seine Äußerungen verlor. „Wir gehen eh bald weg aus D.", tönte er dann oft.

Das verstand keiner so richtig, erschreckte auch die anderen, denn konkrete Umzugspläne hatten weder er noch Lena genannt. Jedes Mal störte es die Harmonie der Paargruppe und verunsicherte alle.

Weggehen stellte in dem kleinen Ort keine Option dar, man blieb, wenn man einen guten Arbeitsplatz erlangt hatte und die Kinder gut in Schulen und Kindergärten untergebracht waren.

Die Eltern von Lisa hatten eine kleine Pension betrieben. Sie waren in ihrem Haus sehr gastfreundlich. „Weg geht gar nicht", sagte Lena halbherzig in solchen Situationen, in denen Ingos Unruhe dominierte, und auch Lotte tat ihr kindliches Missfallen dazu kund. Sie wollte Inge als Freundin nicht verlieren. Danach sprach man nicht mehr über die Situation. Das Wort „weg" zog sich aber als geflügeltes Wort durch beide Familien, wie ein Mantra. Selbst wenn man die Wegziehpläne nicht so ernst nahm, blieb es in der Matrix verankert. Das Wort ging nicht verloren.

Der braune, weiche Strand, das sonnige Wetter, mit kleinen Schleierwolken mutete ferienmäßig an. Die Kinder spielten im Sand. Ingo half, Burgen zu bauen, Lena ließ sich eingraben und unter Jubel befreien, Rene holte Wasser zum Befeuchten der Sandburgen, Lisa sonnte sich. Jeder tat das, was ihm guttat. Die Kinder gingen bis vor zum Saum des Meeres, sprangen über die Wellen und ließen sich treiben vom Gemisch aus Sand und Wasser. Mal sprangen sie auf ein Gleitbrett und ließen sich vom nassen Sand treiben, mal legten sie sich in den Schlamm und quiekten vor Vergnügen.

Lena und Lisa standen am Saum und schauten ihnen begeistert zu.

Einige ältere Damen kamen vorbei, und als eine sich den Fuß vertrat und mit schmerzverzerrtem Gesicht an beide Frauen wandte, gingen Lena und Lisa hin, um ihr zu helfen. Die ältere Dame bedankte sich für die Hilfe und humpelte am Saum entlang davon.

„Wo ist Lotte?" Sie spielte nicht mehr am Saum mit Inge. „Sie wollte zu den Holzstangen", sagte Lisa erschrocken, ihr wurde in dem Moment bewusst, dass dort Gefahren drohten.

Lena und Lisa erstarrten und riefen nach Lotte. Keine Antwort. Sie blieb verschwunden. Strandretter und andere Hilfskräfte suchten stundenlang nach Lotte, sie fanden sie nicht mehr. Beide Mütter schrien wie von Sinnen, riefen und weinten.

Die Leute am Strand kamen herbeigelaufen und informierten sich über das große Drama.

Wo steckte Lotte?

Inge hatte sich intensiv mit ihren Muscheln beschäftigt und auch nicht genau auf Lottes Wege geachtet.

Lena fragte Lisa nochmals, ob sie Lotte gesehen

habe, die verneinte vehement. „Hast du nicht gesehen, dass sie weiter ins Meer gelaufen ist?"

Die Frage blieb von Lisa unbeantwortet, der darin mitschwingende Vorwurf wog schwer.

Lisa lief zu den beiden Männern, die voller Panik wie angewurzelt am Strand standen.

„Lotte ist nicht mehr zu sehen", sagte Ingo und wand sich ab. Er weinte.

Rene konnte Lisa nicht ansehen, so groß war sein Entsetzen.

Lotte blieb verschwunden trotz intensiver Suchmaßnahmen, sie war wie vom Erdboden verschluckt.

Der Riss zog sich zwischen den beiden Paaren hindurch, ließ keine Diskussionen mehr zu. Schuldzuweisungen wurden hin und her geschoben, keiner sprach mehr mit dem anderen. Auch zwischen Lena und Ingo war die Harmonie dahin. Das Verschwinden von Lotte überschattete alles und ließ keinen der Gruppe mehr in Ruhe leben, man konnte sich nicht mehr annähern.

Lisa versuchte immer noch mal, mit Lena zu sprechen, aber ohne Erfolg. Dann ließ sie es bleiben, gab auf. Der Weg schien vorgezeichnet, man wollte weg aus dem Drama und den schlimmen Vorfällen, die damit zusammenhingen oder verbunden werden konnten.

Hass bahnte sich im Laufe der Zeit den Weg. Lena und Ingo zogen sich total zurück, abwesend für die anderen, und nicht mehr ansprechbar, in ihrer Trauer total versunken.

Das Weg realisierte sich, der „Weg" war *weg!*

Die Maschine

„Dein Hemd ist fertig", rief ihm seine Mutter aus dem Wohnzimmer zu. Zweimal im Monat, jeweils an einem Freitag, konnte das Wohnzimmer nicht benutzt werden, denn dann kam Frau Holzmann, die Hauschneiderin. Dort stand dann immer eine große Nähmaschine, die flickte, nähte, ausbesserte, säumte, Löcher stopfte, ratterte, Fäden auf den Bode spie und das Wohnzimmer völlig einnahm. Für alle in der Familie als Fest zelebriert, bot man Frau Holzmann Kaffee und Kuchen an, und probierte die angefertigte Kleidung. Nicht ein Stück, das sie für die Familie Heinrich und speziell für Otto nähte, gefiel ihm. Auch nicht das blau-rot gemusterte Hemd mit den etwas zu großen Ärmeln. So etwas trugen Holzfäller, aber nicht er, ein Schüler der 8. Klasse, oft von den Mitschülern verlacht für sein „Selbstgebasteltes", wie sie es nannten.

Frau Holzmann bediente die Maschine – eine große Nähmaschine – gewissenhaft und fleißig. Otto musste, während Frau Holzmann nähte, zum Anprobieren in der Nähe bleiben. Und jeden zweiten Freitag im Monat musste Otto, der hier seit

Geburt an lebte, das Wohnzimmer räumen. Er bewohnte nur ein Durchgangszimmer in der kleinen Wohnung und konnte sich mit seinen Freunden nicht im Wohnzimmer treffen, wenn Frau Holzmann nähte. Das missfiel ihm und schränkte ihn ein.

Gebannt starrte und horchte er auf das unaufhörliche rhythmische Rattern, das Surren der Garne, das erbarmungslose Auf und Ab beim Einstechen der gnadenlosen Nadel und war fasziniert, was so alles aus Stofffetzen herzustellen möglich war. Herrschte Stille, so sah er Frau Holzmann mit einer Rasierklinge etwas auftrennen, das sie falsch zusammengenäht hatte.

Otto H. erlernte den Beruf des Schneiders, machte seinen Meister und sah sich später als großer Designer. Er kaufte sich mitten in der Stadt ein schönes Atelier. Auch erwarb er eine teure Nähmaschine mit leisen Tönen und samtener Melodie beim Rauf- und Runterfahren der Nadel. Die Nähmaschine war sein größtes Glück, er verliebte sich in sie. Es ging eben auch anders, ruhiger und leiser. In den Jahren seiner Berufstätigkeit nähte er für viele zufriedene Kunden, und auch deren Kinder wurden von ihm mit Kleidung versorgt. Bereits nach einem Jahr konnte er sich eine kleine Wohnung leisten, die nur ein Stockwerk über seinem

Atelier lag. So konnte er schnell seinen Arbeitsplatz erreichen.

Ein großer Strickwarenfabrikant kaufte später das gesamte Areal und entzog Otto H. damit seine Existenzgrundlage aufgrund der für ihn nicht mehr zu bezahlenden Mieten. Er musste umziehen und wollte ab diesem Zeitpunkt auch etwas anonym bleiben. Er schämte sich seines Verlustes.

Das Hochhaus, in das er einzog, ein grauer Block, ragte mit 14 Stockwerken in die Höhe. Die Eingangstür bestand aus Glas, oder was davon noch sichtbar schien. Zettel klebten rechts und links neben der Tür, und Schmierereien auf der Tür verhinderten den Blick in den Flur. Eine unüberschaubare Anzahl von Klingelschildern zierte den Eingang, einige noch leserlich, viele übermalt oder zerkratzt.

Herr Otto Heinrich wohnte im 12. Stock, mit einem leserlichen Wohnungsschild.

Rund um diesen Hochhausblock befanden sich Spielgeräte für Kinder, teils verrostet oder anderweitig beschädigt. Die spielenden Kinder störten sich nicht daran. Grünflächen fand man wenige, aber die vorhandenen dienten den Hundebesitzern als gute Möglichkeit für ihren Ausgang. Betrat man den Flur, fielen Schmierereien an Wänden auf.

Alex liebt Lisa – war das wirklich so? Das konnte

man nicht wissen. Im Fahrstuhl umfing einen ein Geruch nach Zigaretten, Urin und billigem Deo. Die Flure erstreckten sich wie ein langer, kahler und gräulich dunkler Schlauch. Jeweils am Ende jeden Flures leuchtete ein helles Fenster, fast wie ein Notausstieg. Die Wahl dieses Haus versprach Herrn Heinrich Anonymität im 12. Stock und auch eine gewisse Ruhe. Jeder kümmerte sich um sich, es gab wenige neugierige Nachbarn.

Manchmal hörte man Herrn Otto Heinrich in seiner Wohnung vor sich hin schimpfen, warum, ist nicht bekannt.

Im 13. Stock tat sich plötzlich was, es zog jemand Neues ein, direkt über ihm. Neugierig ging er, besser schlich er sich eines Tages ein Stockwerk hinauf, um zu sehen, wer jetzt über ihm eingezogen war.

Eine Mieterin, Frau Elfriede Schumm, eine Dame im fortgeschrittenen Alter. Er stellte sich vor, nachdem er bei ihr geläutet hatte. Etwas kleiner als Herr Heinrich, gut gekleidet und etwas pummelig, strahlte sie eine ungeheure Lebendigkeit aus. Ihre grauen Haare trug sie in einer altmodischen Hochsteckfrisur gefangen. Ihren stahlblauen Augen mit dem durchdringenden Blick konnte man sich nicht entziehen. Sie redete auf ihn ein, wie schön es sei, ihn zum Nachbarn zu haben, dass er mal auf einen Kaffee kommen solle und mehr noch.

Herr Heinrich ergriff bereits nach wenigen Minuten die Flucht. Fast ängstigte sie ihn, gleichzeitig faszinierte ihn ihre Lebendigkeit in dem grauen Haus sehr. Er wusste es oft nicht so genau.

Ab und zu besuchte er jetzt Frau Schumm, sog ihr Leben ein, dankte für den Kaffee. Frau Schumm war Näherin gewesen und präsentierte ihm bei seinem Besuch stolz ihre Nähmaschine, an der sie Kleidungsstücke herstellte, und diese verkaufte, um ihre Rente aufzubessern. Sie tauschten sich über ihr gemeinsames Thema aus, ihre Erfahrungen mit den Kunden, er belehrte sie als Meister seines Fachs in einigen Dingen, sie dankte dafür. Die Maschine ratterte laut, mal melodisch und rhythmisch, mal für ihn unerträglich laut.

Eigentlich mochte er Frau Schumm ganz gern. Sie erzählte amüsant, er erfuhr, dass sie als Kind für ihre Puppen schon viel genäht habe und jetzt für Fremde. Wäre da nicht ihre laute Nähmaschine gewesen. Die Maschine, dachte er oft, diese furchtbare Maschine, sie stand zwischen ihnen. *Rattata*, hörte er, wenn er bei ihr im Nähzimmer saß und sie noch etwas fertigstellte. Er erlebte es wie Folter.

Im grauen Haus tobte seit gestern die Hölle. Umzugskartons standen auf seinem Flur, er hörte Klopfen und Hämmern, wieder zog jemand ein, diesmal auf seiner Etage. Es roch nach Mettbrötchen und

Bier von den Möbelpackern. Er ekelte sich, wurde immer nervöser und innerlich auf Alarmstimmung gerüstet. Er floh dann zu Frau Schumm, wo es durchaus mal ruhig war, wenn sie gerade nicht nähte.

Er begann, ihre genauen Lebensgewohnheiten und ihren Tagesablauf zu erforschen. Akribisch achtete er darauf, sie zu Zeiten zu besuchen, in denen sie nicht arbeitete. Das stellte sich als nicht einfach heraus, denn auch im Tagesablauf von Frau Schumm gab es Abweichungen.

Eines Tages wollte er sie besuchen, aber dann hörte er auf dem Flur, dass die Maschine plötzlich losging. Sie hatte aufgrund einer Erkrankung aussetzen müssen und holte alle Arbeitsaufträge nach. Dann kamen von dort Geräusche, Lärm.

Herr Heinrich fühlte sich stellenweise wie gelähmt, alles drehte sich in seinem Kopf, und er wusste nicht mehr ein noch aus. Wo war sein doch oft so stilles graues Haus geblieben?

Tagsüber ratterte es über ihm oft zwei Stunden am Stück, und er floh in seine Vorratskammer, hielt sich die Ohren zu und stöhnte leise. Dann umgab ihn wieder Stille. Das genoss er, stand aber weiterhin unter einer ungeheuren Spannung, so als lauere er auf eine neue Attacke von oben. Er fing an zu hassen, sich, seine Entscheidung, alles.

Zunehmend richtete er seinen Tag nach den herausgefundenen Nähzeiten aus. So aß er nur zwischen 14 und 15 Uhr, wenn Frau Schumm Mittagspause machte, ohne auf seinen Hunger zu achten, und er stellte fest, dass er sich in seiner Wohnung extra auf leisen Sohlen bewegte, so als wolle er dem Lärm magisch etwas entgegensetzen.

Sein Fernsehprogramm reduzierte sich auf einige wenige Sendungen ab 21 Uhr, dann, wenn sie sich in ihr Schlafzimmer begab. Er blieb nur noch in seiner Wohnung, wenn er hörte, dass Frau Schumm mit dem Lift nach unten fuhr. Manchmal stellte er sich neben den Fahrstuhl und schaute auf die Nummern der Stockwerke, um ihren Bewegungsradius genau zu erforschen.

Als höflicher Mensch verbot es sich, Frau Schumm darauf anzusprechen, es war ja ihr Hobby und ihr Nebenverdienst. Das musste er anders und glatter lösen.

Er litt, sein Kopf bekam keine Ruhe.

Da setzte sich in ihm ein Summen und Rattern fort, er schlug ihn gegen die Wand, nichts half. Herr Heinrich verspürte tiefe Verzweiflung.

Auf der Straße ging er Kindern mit ratternden Rollern aus dem Weg, flüchtete, wenn abends mit lautem Knall die Gitter vor den Geschäften heruntergelassen wurden. Es war eine Qual. Eines Tages –

er hielt es nicht mehr aus – es ratterte wieder laut und heftig über ihm, alles bebte in ihm, ging er zu Frau Schumm, läutete, begleitete sie in ihr Nähzimmer und kam nach einiger Zeit mit zufriedener und ausgeglichener Miene wieder heraus.

Es war Ruhe.

Das Spiel beginnt

Das relativ neu gebaute Haus hatte vier Stockwerke, die 4 Wohnungen beherbergten. Von außen hatte dieser neue weiße, in den Himmel ragende Klotz trotz allem Charme, weil sich rund um das Haus herum eine sehr schöne Gartenanlage befand. Die zog die Blicke auf sich, weil dort seltene Gräser und Sträucher wuchsen, eine Strelitzie, ein Bambus, ein Stechpalmenbaum. Zwischen den Sträuchern befanden sich runde, bunt angemalte Holzpfähle, auf denen man sitzen konnte.

Betrat man das Haus, so war links eine Wohnung, in der ein älteres Ehepaar wohnte, die Renners. In der Wohnung darüber lebte ein alleinstehender Mann, Herr Karl Michel, daneben eine Dame mittleren Alters, Frau Elisabeth Schwarzmann, und ganz oben eine ältere Frau mit einer französischen Bulldogge, Helga Albers.

Die ältere, weißhaarige Dame, Frau Albers, war 77 Jahre alt, und trug Kleidung, wie man sie oft mit fast 80 Jahren trägt: unauffällig, grau, beige, nicht vorhanden, versteckt. Aber sie ging aufrecht, so als wollte sie sagen: Man hat mich nicht kleingekriegt.

Das Leben hatte es nicht immer gut mit ihr gemeint. Ihr Mann starb an ihrem 52. Geburtstag, ihre beiden Kinder, ein Junge und ein Mädchen, waren inzwischen 40 und 42 Jahre alt und standen noch immer nicht so richtig auf eigenen Beinen.

Mitten im 2. Weltkrieg wurde sie geboren. Trotz Nachkriegswirren machte sie eine Ausbildung zur Perückenmacherin. Sie hatte immer schon Lust am Verkleiden gehabt und liebte es, in andere Rollen zu schlüpfen. Das hatte sie so gelernt, man durfte nicht entdeckt werden, sonst war man womöglich tot. Später dann wollte sie von den Gräueltaten der Nationalsozialisten nichts wissen, steckte den Kopf lieber in den Sand oder in ihre Perücken.

Ihr Mann hatte auf der Post gearbeitet, war ein stiller und wenig mitteilsamer Mensch gewesen. Das lastete oft schwer auf ihr, aber sie hatte ihre Kunden und ihre Gespräche und ihr Verdecken und Verstecken. Verstecken existierte bei ihr als großes Thema. Ihr Vater hatte sich versteckt, erst später hatte sie entdeckt, dass er im Krieg geblieben war. Das erlebte sie als Kind damals als unfaires Spiel. Wieso verschwand jemand, wenn er sich doch eigentlich nur verstecken wollte?

Die Mieter standen alle in regem Kontakt miteinander. „Ich komme eigentlich aus Hamburg", sagte sie jedem, den sie im Haus traf. Sie hatte in

Hamburg ein Perückengeschäft besessen. Bis ins hohe Alter arbeitete sie im Geschäft, bis sie der Konkurrenz weichen musste.

Sie traf sich im Haus ab und zu mit dem alleinstehenden Herrn Michel. Herr Karl Michel, ein 65 Jahre alter Rentner, war ein großer staatlicher Mann mit grau meliertem Haar, der bei einer Bank gearbeitet hatte. Das sah man ihm an. Er war sehr gepflegt und stets auf sein Äußeres bedacht. So trug er immer Anzüge, auch zu den unpassendsten Gelegenheiten.

Der Eintritt ins Rentenalter fiel ihm schwer, so recht kam keine Lebensfreude mehr auf, seine Aufgaben fehlten ihm. Eine feste Partnerin fand er nie, sein Ordnungssinn störte jede Beziehung, er konnte sich nicht auf andere Lebensgewohnheiten und eine andere Denkweise einstellen. Unverbindliche sexuelle Abenteuer konnte er moralisch nicht akzeptieren, die Welt musste ihre Ordnung haben. So richtig konnte er nicht raus aus seiner Haut.

Man spürte bei ihm neben seiner Ordnungsliebe eine gewisse Anspannung, er schaute verkniffen und düster, so als halte er ständig etwas zurück. In der Bank hatte er im Laufe der Zeit den Zwang entwickelt, das Geld, das er an Kunden auszahlte, mehrfach nachzuzählen, es war sein Notstand. Zählte er nicht, wurde er unruhig und bekam

Angst; das war für die Kollegen nicht mehr tragbar. Er konnte die Welt eben nicht vor Unregelmäßigkeiten schützen.

Die Hausgemeinschaft grüßte sich im Treppenhaus freundlich.

„Meine Freundin in Hamburg und ich haben immer gern Karten gespielt", sagte die Dame aus Hamburg. „Hätten Sie nicht Lust?", fragte sie die Hausgemeinschaft.

Das ältere Ehepaar schloss sich der Kartenrunde an. Es bestand aus Herbert Renners, auch Rentner, und seiner Frau, mit der er eine Fleischerei besessen hatte. Die Eheleute stammten aus Aachen, und jetzt hatte es sie in die Provinz verschlagen, da das Geschäft nicht mehr gut gelaufen war und die Unterhaltung in einer großen Stadt zu teuer wurde.

Herr Renners war rotgesichtig und grobschlächtig mit einer ebenso rauen Sprache. Man konnte sich den Metzger gut vorstellen. Seine Hände glichen Pranken, und man sah und roch es förmlich, wie er ein Fleischstück zerlegte und sich danach die blutigen Hände an der weißen Lackschürze abgewischt hatte. Blut stellte für ihn keine große Herausforderung mehr dar. Er musste als Kind zusehen, wie Luise, sein Lieblingsschwein geschlachtet, zerlegt und dann gegessen wurde. Schockiert hatte er zugeschaut und sich danach erbrochen.

Als Kind war er eher untergewichtig gewesen, doch heute bewegte er sich nur noch ungern, das hatte seine Form verändert. Er liebte es, Wurstsuppe mit Klößen zu essen; dann wurde ihm innerlich wohlig und warm.

Seine Ehefrau, Reni Renners, erschien ebenso grob, rotgesichtig und mit kleinen weißen Löckchen auf dem Kopf wie das Fell eines Schafes. Allerdings konnte vom Schafsein keine Rede sein, war sie doch eher das Gegenteil und machte ihrem Gatten das Leben schwer. Sie scheuchte ihn zur Verrichtung unterschiedlichster Arbeiten, hetzte ihn hin und her und her und hin, und er konnte keinen Sinn darin erkennen. Der einzige Weg, dem zu entgehen, war, ihren Kommandos nachzukommen, so konnte er wenigstens das ständige Gemaule vermeiden. Doch obwohl er sich meistens fügte, brodelte es unter seinem rotblonden Schopf.

Reni hatte sich sehr verändert. Sie war von einer kleinen zierlichen Fleischverkäuferin, die den Kunden immer etwas mehr auf die Waage legte, ohne dies zu berechnen, zu einer plumpen notorisch unzufriedenen und übergewichtigen Frau avanciert, der niemand etwas rechtmachen konnte, schon gar nicht Herbert Renners.

Die Frau mittleren Alters, Frau Elisabeth Schwarzmann, etwa 50 Jahre alt, passte nicht so recht ins gemeinsame Bild der Hausgemeinschaft. Sie arbeitete noch täglich in einem Bestattungsinstitut, wusch Leichen und kleidete sie an. Leichen schwiegen – im Gegensatz zu ihrer musikalischen Familie – und schenkten ihr eine Aura leisen Glücks. Keiner quälte sie dort mit Flötentönen oder kratzte stundenlang Tonleitern auf der Geige. Sie suchte Ruhe, und die fand sie bei den Leichen. Manchmal unterhielt sie sich mit ihnen, freilich blieben sie stumm jede Antwort schuldig.

Meist hüllte sich Frau Schwarzmann in Schwarz, als wäre sie ständig im Dienst. Ihr damaliger Lebenspartner hatte sie vor zehn Jahren mit ihrer Kollegin betrogen, sie hasste ihn immer noch dafür. Wenn die Hausbewohner sie mit zusammengepressten Lippen durchs Haus gehend wahrnahmen, die Stirn in Falten gelegt, figürlich eher schmal, ihr Gesicht ein großes Grübeln, stand ihr der Tod gut.

Ein Spiel begann, die Karten waren gemischt. Der große Abend war gekommen. Alle versammelten sich bei Helga. Das Zimmer wirkte düster mit seinen grünlichen Stores an den Fenstern, und den abgewetzten und zum Teil beschädigten Polstern der Sessel. Die Tapeten wirkten bedrückend mit blassgelblichem Ton und engten den Raum zusätzlich ein. An den Wänden hingen vergilbte Schwarz-Weiß-Bilder von ihrem Mann. Mal posierte er mit ihr zusammen, mal allein in seinem eleganten, schwarzen Anzug.

Auf dem Tisch standen sorgfältig drapierte Rotweingläser aus dem Nachlass ihrer geliebten Mutter, und blassrosa Platzdeckchen lagen für jeden Spieler bereit. Der Flur, durch den man zu Frau Albers gelangte, glänzte mit bräunlichen Tapeten ähnlich einem surrealen Bild. Wie ein Schlauch wirkte er, den man schnell durchschreiten musste, bis man – froh – ins spärlich erhellte Wohnzimmer gelangte.

Paul, die französische Bulldogge, lief zwischen den Spielern hin und her, sehr zum Missfallen von Herrn Michel, der Angst um mögliche Flecken an seiner Hose hatte. Herr Renners mochte keine Hunde, „die gehören nach China, da sind sie besser aufgehoben", murmelte er leise vor sich hin.

Während jeder Spieler seinen Platz einnahm, begann Helga. Sie gab die Karten aus. In ihrer Familie, die aus Mutter, Vater und zwei jüngeren Brüdern bestand, wurde immer viel gespielt, aber auch gestritten. ‚Dinge, die man sich nicht vorstellen kann, passieren auch nicht', das war das Credo der älteren Dame, die nur an das glaubte, was sie auch sah oder wahrnahm.

Das Spiel entwickelte sich immer spannender, als ginge es um Leben und Tod. Es war kein Glücksspiel, sondern eines, bei dem man nachdenken musste. Zwischendurch holte Helga für alle ein Glas Rotwein.

„Du musst geben", sagte sie und gab die Karten.

Alle harrten ihres Blattes. Die erste Runde ging an Herrn Michel, der war erfreut. Gewinner und Verlierer hielten sich die Waage zu Beginn des Abends. Aber es blieb nicht so.

Irgendwann zog Frau Albers den anderen davon und gewann fast jedes Spiel.

„Toll, wie du das machst", krächzte Herr Michel, und auch Frau Schwarzmann schloss sich dem an.

Frau Albers flinke Finger wurden misstrauisch betrachtet. Irgendetwas schien hier nicht mit rechten Dingen zuzugehen.

Herr Renners runzelte die Stirn und schaute düster. Frau Renners nagte an ihren Fingern, und Frau Schwarzmann hüstelte ständig, als hätte sie an etwas schwer zu knabbern. Herr Michel knetete seine Hände und ließ die Fingerknöchel knacken. Das war auch das einzige Geräusch, das neben dem Kartenmischen und -geben, zu hören war. Die Luft war zum Schneiden dick.

Die Dunkelheit im Raum wurde immer bedrückender, und nahm der Kartenrunde fast die Luft zum Atmen. Die Kartenrunde lobte Helga.

„Bei deinem Alter noch fit mit den Karten", hörte sie.

Abend für Abend traf sich nun die Gesellschaft. Die nächsten Wochen schleppten sich dahin, bis Helga eines Tages einen Brief in ihrem Postkasten fand: *„Lange wirst du nicht mehr geben können"* hieß es.

Sie zerriss den Brief und ließ ihn nicht in ihr Inneres, und ignorierte die aufsteigenden Ängste. Sie dachte noch nicht mal darüber nach, wer ihr diese Zeile geschrieben haben könnte. ‚Dinge, die man sich nicht vorstellen kann, passieren auch nicht', ihr Mantra, und wie die berühmten drei Affen ließ sie ihre Ängste nicht an sich heran.

Die Tiefgarage unter dem Wohnblock war eng, sie erinnerte an einen Tunnel im zweiten Weltkrieg, in dem man sich schützend verstecken konnte während der Bombenangriffe. Frau Albers parkte dort ihr Auto. Noch gab sie ihren Führerschein nicht ab. Wer wohl ihre Vorderreifen zerstochen hatte?

Das Parkhaus war finster und furchteinflößend, jetzt fürchtete sie sich, ihr graute. Im Parkhaus brannte nur das Notlicht, es lief ihr heiß und kalt den Rücken runter. Wer könnte das gewesen sein?

Ihre Nachbarn? Aber wieso? Wer?

Ihr wurde frostig.

Herr Renners war zu hitzig und grob, um sich solch subtile Dinge einfallen zu lassen.

Frau Renners?

Frau Schwarzmann?

Herr Michel?

Nein, der Täter konnte definitiv nicht aus diesem Haus stammen.

Indes ging das Spiel Abend für Abend weiter. In der Kartenrunde wechselten sie sich wöchentlich in ihrer Gastgeberrolle ab; diesmal waren alle bei Renners zu Hause. Ein Metzgerhaushalt, wie man ihn sich gut vorstellen konnte: Eichenmöbel mit schwerem Dekor lehnten an den Wänden, dunkle Teppiche mit großem Blumenmuster zierten den abgewetzten Parkettfußboden, tote Tiertrophäen glotzten starr von der Wand mit den geblümten Tapeten, und tiefhängende Lampen blendeten die Gäste mit ihren gelblichen Schirmen. Alles ließ den Raum bedrohlich erscheinen.

Herr Renners gab. Das Spiel begann. Frau Albers schaute von einem zum anderen, sah Frau Schwarzmann leicht verstohlen lächeln, Herrn Michel starr geradeaus schauen, und Reni fixierte ihre Karten.

Frau Schwarzmann gewann, Herr Renners gewann, nur Herr Michel hatte kein Glück. Für den Rest des Abends bestimmte wieder die Glückssträhne von Frau Albers das Spiel.

Der Ton untereinander wurde rauer.

„Das kann so eigentlich nicht sein", hörte sie.

Die Blicke der Spieler hefteten sich auf ihr

Gesicht. Ging da alles mit rechten Dingen zu?

Frau Albers spürte das Misstrauen und den Neid der anderen.

„Das ist doch nur ein Spiel", beschwichtigte Frau Schwarzmann.

Frau Albers glaubte es nicht.

Nachts schloss sie die Wohnungstür zweimal ab, kaufte sich einen schweren Türriegel, den sie nachts sorgfältig vorschob. Sie hatte Angst vor weiteren Bedrohungen. ‚Nein, das kann keiner der Kartenrunde sein, das kann ich mir wirklich nicht vorstellen', murmelte sie ihren Glaubenssatz vor sich hin, und nur noch ihre Nasenspitze guckte unter der Bettdecke hervor.

Frau Albers schreckte eines nachts hoch, ein Vogel war gegen ihr Fenster geflogen und tot auf den Boden gefallen. Panik ergriff sie. Am nächsten Morgen hörte sie ein ratterndes, schnarrendes Geräusch vor ihrem Fenster. Als sie hinausschaute, sah sie Herrn Renners mit der Kettensäge, wie er einige Büsche vor ihrem Fenster entfernte.

„Bin gleich fertig!", rief er.

Die Spielrunden gingen weiter, allerdings ohne Herrn Michel, der eines Morgens tot im Bett lag. Keiner konnte sich vorstellen, warum. Er war nicht krank, meinten alle. Es blieb ein unlösbares Rätsel.

Ein neues Spiel begann. Bei Frau Schwarzmann

wurde gespielt. Ihre Wohnung war klein und freundlich ausgestattet mit hellen Ikea-Möbeln. Ihr Wohnzimmer enthielt viele Grünpflanzen, cremefarbene Vorhänge und einen Laminatboden, der an Birken erinnerte. Bunte Kunstblumen standen jedoch überall herum und gaben dem Raum ein steriles Flair.

Herr Renners gab. Immer wieder das gleiche Spiel, der gleiche Ablauf: Jeder gewann einmal, aber dann immer nur noch Helga. Sie zog allen davon.

Frau Albers ging gern spazieren und das durchaus noch, wenn es etwas dämmrig war. Sie liebte die aufkommende Ruhe dieser Tageszeit. Die Bäume am Fluss sahen groß und dunkel aus, warfen keine langen Schatten mehr, aber säumten den Weg am Fluss wie eine kleine Allee. Frau Albers liebte diesen Weg. Früher lief sie mit ihrem Mann gern hier, seit dem Tode ihres Mannes vor einigen Jahren ging sie allein.

Paul hatte sie heute morgen vergiftet im Vorgarten gefunden, jemand hatte ihn mit einem giftigen Köder ausgeschaltet. Zunehmend beschlich sie der Verdacht, dass vielleicht doch einer ihrer Mitspieler dafür verantwortlich sein könnte.

Als Frau Schwarzmann Urlaub hatte und nach Ungarn zu einer Freundin an den Plattensee fuhr, passierte es. Auf der Autobahn —so hieß es — hätten ihre Bremsen versagt, sie war sofort tot.

Die Spielrunde hatte sich dezimiert, doch das Spiel schien noch lange nicht aus zu sein. Es ging weiter, mit Frau Albers, Herrn und Frau Renners. Der Ton untereinander hatte sich verändert. Das Ehepaar betrachtete Frau Albers mit Argusaugen, Herr Renners schürzte seine wulstigen Lippen, Frau Renners schnaufte laut bei jedem Geben, Frau Albers schaute konzentriert.

Wie an jedem Sonntag ging Helga als ungekrönte Siegerin des Abends hervor. Gesprochen wurde nicht.

Nachdem Renners ihre Wohnung verlassen hatten, schritt Frau Albers zu ihrem Vertiko und legte die gezinkten Karten in eine Schublade. Das Spiel war für sie endlich aus. Sie hatte gewonnen.

Am nächsten Morgen mussten Renners ihre Wohnung räumen wegen eines Feueralarms. Irgendjemand hatte einen Brandbeschleuniger durch das halbgeöffnete Fenster der Renners geworfen.

Das grelle Licht fiel über das Haus.

Der Schrei

Er heißt Friedberg, Johannes, den 70-Jährigen kennt jeder. Sein aufgedunsenes Gesicht mit den alten Aknenarben fällt auf und prägt sich ein. Die Sonnenbrille als seine ständige Begleiterin, über seinen weißen Haarschopf gesteckt und mit einem Goldbändchen so gesichert, dass sie nicht runterfallen kann, lässt ihn verwegen erscheinen. Er schaut dunkel aus sich heraus und fixiert die vorbeilaufenden Menschen mit einem teils unsicheren, aber auch lauernden, auf Abwehr von Gefahren ausgerichteten Blick. Seine Hände bewegen sich stakkatoartig im Takt seines Ganges, zum Angriff bereit. Manchmal trägt er die Sonnenbrille auch auf seiner Nase, dann sieht man nicht viel vom Gesicht.

Die Lippen frech und provozierend geschürzt betritt er die Stadt, von der er glaubt, sie gehöre ihm allein, oder auch nicht. „Spiel mir das Lied vom Tod", denkt man, wenn man ihn mit seinem wehenden Ledermantel und den billigen ausgewaschenen schlechtsitzenden Jeans sieht. Sein Gang ist federnd und ein Gemisch aus Unsicherheit einerseits und dem Gefühl totaler Überlegenheit andererseits.

Seine festen Tritte auf dem Kopfsteinpflaster sind mal laut, mal gedämpft.

Er kommt aus einer großen Familie mit drei Geschwistern, davon leben noch zwei Schwestern. Zu ihnen hat er wenig Kontakt, er wirft ihnen den Tod des Bruders vor, der vor 20 Jahren bei einem Badeurlaub mit den Schwestern ums Leben kam. Den Bruder mochte er besonders, weil der seine Andersartigkeit und Unfähigkeit zur Kritik anerkannte, während die zwei Schwestern sich immer etwas bedeckt und auch kritisch ihm gegenüber verhielten. Auch Mutter und Vater, schon lange verstorben, waren seine einzigen Korrektive in seiner Selbstverliebtheit oder auch Selbstzerstörung.

In seiner hessischen Kleinstadt lässt es sich gut leben, und die Bewohner folgen ihm mit interessierten Blicken. Fachwerkhäuser zieren ihre Umgebung und kleine Gassen mit blau glänzendem Kopfsteinpflaster laden zum Verweilen ein. Anwohner bitten ihn ab und zu um Gefälligkeiten.

So zählt er in einem Taschengeschäft zur Zeit der Inventur Rucksäcke, oder er hilft einem italienischen Restaurant dabei, Tischdecken auf den Tischen zu ordnen. Jeden Dienstag um 13 Uhr liest er seine Zeitung in einem kleinen Café, zentral gelegen an einem historischen Platz. Hektisch wendet er die Seiten, so als habe er Angst, bei einem Thema zu lange verweilen zu müssen. Was macht ihm Angst?

Johannes Friedberg ist mit sich und der Welt wohl zufrieden, gäbe es nicht immer Hindernisse, die sich ihm in den Weg stellten.

Täglich dreht er seine Runden in allen Winkeln der Stadt.

„Wie stehen die Aktien?", fragt ein alter Bekannter und Nachbar. Darauf entgegnet er nichts. Er geht weiter und erkundet alles, jeden Tag.

Beim Metzger bestellt er sich ein Stück Lende, er kocht sich noch selbst. Der Preis schockiert ihn, und er streitet mit der Verkäuferin herum, „das ist Nepp und Abzocke", das akzeptiert er so nicht. Der Laden gerät in Aufruhr, und es entsteht eine drohende Stimmung, alle Kunden verlassen den Laden auf schnellstem Wege. Die Metzgersfrau versucht, ihm den Preis zu erklären, es handle sich doch um ein wertvolles Stück Fleisch, er kann es nicht sehen. Er setzt seine Vorstellungen nicht durch und verlässt ohne Kauf den Laden schnellen Schrittes. Er streift wieder durch die Gassen.

Alle sehen ihn. Er ist nicht aufzuhalten.

Jan Kutschka, genannt der Pole, ist ein schmaler junger Mann von 35 Jahren. Die Schultern zusammengezogen und nach vorn geschoben, den Blick gesenkt, geht er durch die Straßen und Gassen der

Stadt. Er ist ein kleiner schmächtiger Mann. Er wohnt mit Natalie und seinem 8-jährigen autistischen Sohn Alexander zwei Häuser weiter von Friedberg entfernt. Alexander kann keine Veränderung ertragen. Er besucht die 2. Klasse einer Grundschule – noch ist das möglich mit einer sozialpädagogischen Sonderbetreuung.

Liegt die Serviette mal nicht in der richtigen Form gefaltet neben seinem Teller, schreit er schrill, seine Hände drehen sich in einem fort um sich selbst, als schraube er an einem fiktiven Gegenstand herum. Natalie nimmt ihn dann und beruhigt ihn, hält ihn fest. Für die Familie ist es anstrengend und nicht verstehbar. Alles muss seinen starren Ablauf haben, zu Hause und auch in der Stadt. Er sieht Friedberg jeden Tag seine Runde drehen, er geht am Haus der Kutschkas vorbei, er reibt sich die Hände, und die Eltern deuten es als Freude.

Seine Unruheattacken sind mal mehr mal weniger heftig, je nachdem, ob seine Umgebung unverändert bleiben kann. Friedberg hört Alexander oft und lässt sich darüber bei den Nachbarn aus. „Das ist doch Sache der Eltern, aber Polen können das sicher nicht. Die müssten ihn doch ruhig halten können."

Natalie ist eine rotblond gefärbte kleine dünne Frau, stets einfach angezogen, mit einem fast hündischen Blick. Sie arbeitet als Kassiererin in einem Supermarkt halbtags, und Jan fährt Pakete aus, ist also nicht oft zu Hause. Die meiste Arbeit bleibt an Natalie hängen.

Alexander liebt Tiere. Er imitiert das Summen der Bienen, und mit seinen Fingern ahmt er das Krabbeln der Spinnen nach, so als gebe es kein Ende.

Nach der Schule holt Natalie ihn ab, sie gehen immer den gleichen Weg, immer mit der gleichen Geschwindigkeit. Wenn es regnet, fährt Natalie gern mit dem Auto zur Schule. Das ist jedes Mal ein Kampf mit Geschrei und Treten und starker Erregung, bis sie Alexander im Auto untergebracht hat. Friedberg sieht das oft, beobachtet es akribisch. Alexander stört das nicht, er beruhigt sich erst, wenn er Friedberg auf seiner gewohnten alten Runde laufen sieht.

Im Hochsommer fahren sie an einen nahegelegenen See, um Alexander das Schwimmen noch besser beibringen zu können. Er sieht Friedberg und ist daraufhin bereit sich Schwimmzüge zeigen zu lassen.

Friedberg macht sich oft lustig über Alexanders Gebaren, was allerdings nur die Eltern wahrnehmen und ihn dafür hassen. Ja, sie hassen ihn, ihr Leben ist belastend.

Friedberg läuft jeden Tag, hat Streit mit den Leuten oder sitzt auch im Café mit alten Einheimischen zusammen und spricht über die Vergangenheit.

An einem Dienstag im Sommer – Friedberg sitzt wie immer um 13 Uhr in seinem Café – geht Alexander mit seinen Eltern vorbei, sieht ihn und bemerkt, dass er nicht auf seinem gewohnten Platz sitzt, sondern an einem anderen Tisch. Alexander wird unruhig, wedelt mit den Armen, Friedberg lacht ihn aus, die Eltern ziehen ihren Sohn weiter, versuchen ihn abzulenken.

Am nächsten Tag ist alles wieder wie gewohnt, Alexander sieht ihn am gewohnten Platz sitzen.

Natalie sitzt an der Supermarktkasse, dem einzigen Markt im Ort, und kassiert ab. Friedberg zählt sein Geld, um seinen Einkauf zu bestreiten, es fehlen 1 € und 20 Cent.

Das gibt Aufruhr. Friedberg bittet jemanden, ihm zu helfen, aber keiner findet sich dazu bereit. Die Situation erscheint unlösbar, Friedberg nimmt letztlich seinen reduzierten Einkauf mit und legt die überzähligen Waren zurück. Natalie hasst ihn für diesen Auftritt und auch Jan, dem sie es abends erzählt, hasst ihn.

Alexander ist jedoch froh, alles scheint wie immer.

An einem Dienstag, Friedberg betritt sein Café

um 13 Uhr, Alexander geht nach der Schule mit seiner Mutter dort vorbei. Der Junge freut sich, wedelt mit den Armen. Natalie sieht das, ist froh, aber auch voller Ablehnung. Zerrissenheit zwischen dem Hass auf Friedberg und dem Wohlergehen des Sohnes. Sie wünscht, dass Friedberg lange noch bleibt, andererseits hassen und verachten ihn beide aus vollem Herzen.

Die Wochen gehen ins Land.

Ein Tag ist gut, ein Tag ist schlecht. Das Leben läuft dahin, Kutschkas arbeiten und leiden wegen Alexander.

Eines Tages ist Friedberg nicht mehr da, die schrillen Schreie Alexanders hört man weit über die Grenzen der kleinen Stadt hinaus.

Monotonie

„Eigentlich bin ich der Beste in meinem Fach", meinte Karl Hauk, ein erfolgreicher Architekt. Von großer Statur, mit dickem schwarzem Haar, das sich um seine etwas abstehenden Ohren kräuselte und einer eher großen gebogenen Nase, entsprach er dem Bild eines griechischen Jünglings. Öffnete er den Mund und sprach, so hörte man deutlich seinen hessischen Dialekt heraus, den er oft mühsam unterdrückte, denn er versuchte angestrengt, ein perfektes gut akzentuiertes Hochdeutsch von sich zu geben. Doch die Worte wollten einfach nicht ganz passen. Er entwarf, plante, renovierte alte und baute neue Häuser.

Seine Bauten sahen auf den ersten Blick alle gleich aus: gleicher Anstrich, gleiche Höhe, gleiche Breite, gleiche Ausstattung, gleiche Anzahl der Fenster. Eigentlich wollte er keine monotonen Blöcke bauen, aber irgendwie gelang ihm die Abwechslung trotz aller Mühen nicht.

Mehr als winzige Veränderungen in seinen Bauten gelangen ihm nie, was ihn beunruhigte. Mal sah zwar die Form der Haustür anders aus, mal der

Anstrich der Fenster, der Weg zu den Häusern hin wand sich mal schmal, mal größer hin bis zur Einfahrt. Auch die Klingelschilder waren mal in hellem grün, mal eher grau gehalten und die Anzahl der Wohnungen unterschiedlich, wenn auch von außen nicht sichtbar. Diese kleinen Detailvariationen erfüllten ihn mit Stolz. Aber letztlich bestachen alle seine Bauten im Großen und Ganzen durch ihre Eintönigkeit und Regelmäßigkeit.

Er stammte aus Frankfurt, seine Eltern hatten dort eine kleine beengte Wohnung in einem Wohnblock in Sachsenhausen bewohnt. Zusammen mit Vater und Mutter und einer kleinen Schwester hatte er dort gelebt. Die Eltern wohnten immer noch in derselben Wohnung, die Schwester hatte sich mit ihrem Mann und zwei Kindern ein Haus auf dem Land in der Nähe von Stuttgart gekauft.

Überall wo er hinsah, gleiche Bauweise und die gleichen Impressionen. Es unterschied sich nichts vom anderen. Das hatte ihn immer schon gestört, das Einerlei hatte ihn krank gemacht. Er hasste Eintönigkeit, wobei sie ihm auch eine gewisse Sicherheit in seinem Leben gegeben hatte. Er wusste immer wann was, oder wer was war und was tat. Überraschungen gab es keine.

Die Versuche, zumindest sein Zimmer neu und kreativ zu gestalten, im Rahmen seiner Möglichkeiten, misslangen. So strich er als Jugendlicher einmal seine Tür bunt an, musste es jedoch entfernen auf Wunsch der Eltern, die abhängig vom Vermieter waren. Nächtelang lag er deswegen wach und grübelte, wie er aus dieser Monotonie ausbrechen könnte, die ihn bedrückte. Er verfing sich in einem Teufelskreis, es ging nichts.

Er wollte raus, er studierte Architektur. Er wollte gestalten. Er wollte ändern. Er wollte auffallen, wollte überraschen.

Monotonie wurde ihm immer verhasster. So starrte er oft auf graue Hochhausbauten, bei denen alles angeglichen zu sein schien, so wie es sich von außen gestaltete. Die Menschen, die in diesen Häusern wohnten, interessierten ihn nicht, nur deren sie umgebende Bauweise. Ob sie sich wohlfühlten oder nicht, daran nahm er keinen Anteil. Manchmal dachte er sich, dass er sie sogar hassen würde, dass sie sich eine solche Monotonie gefallen ließen und Tag für Tag in diese Gebäude strömten mit dem täglich gleichen monotonen und desinteressierten Gesichtsausdruck. Konnten Sie etwas dafür? Die Frage stellte er sich erst gar nicht ernsthaft, es ließ ihn kalt.

Die Eintönigkeit sprang ihn nicht nur bei seinen Behausungen an, sondern bei vielen anderen Dingen auch. Ist es die Bauart, ist es die Art der

Ausführung, sind es die Bewohner?

Es rotierte in seinem Kopf.

Das war schon immer so, und selbst die Kindergärtnerin hatte seinen Eltern rückgemeldet, dass er sich auffällig gegenüber anderen Kindern verhielt, die er langweilig fand, dass er sie provozierte, damit er von ihnen eine Reaktion erhielt. Er verachtete und hasste sie.

Seine Mutter hatte auch zu den ewig monotonen Menschen gehört. Immer der gleiche Ablauf im Haus, immer das gleiche Essen, immer die gleichen Verrichtungen, immer die gleiche Regelmäßigkeit, immer der gleiche Tagesablauf, das ödete ihn zwar an, aber er spürte auch, dass es verlässlich war. Er wusste immer, woran er war.

Auch sein Vater gehörte dazu. Tag aus Tag ein ging er seiner monotonen Arbeit nach, versuchte Menschen Versicherungen zu verkaufen, die keine haben wollten. Warum, fragte Karl sich oft.

All das ließ ihn aggressiv werden, es war langweilig und es gab keine Überraschungen. Es schloss sich wie ein Band um seinen Brustkorb.

Nun war Karl ein gefragter Architekt mit vielen exklusiven Aufträgen und recht gutem Einkommen.

Das genoss er. Seine wechselnden Frauenbeziehungen kosteten fast ein Vermögen. Er wollte einen amüsanten und gönnerischen Eindruck bei den Frauen hinterlassen. Doch letztlich wiederholte sich alles auf die immer gleiche, eintönige Weise.

Eine große Firma trug ein Bauprojekt an ihn heran. Es sollte ein größeres Areal bebaut werden mit vielen Wohnblocks und Wohnungen. Dies lag etwas außerhalb von Frankfurt, aber gut erreichbar mit allen öffentlichen Verkehrsmitteln.

Karl überlegte nicht lange und sagte seine Mitarbeit zu. Er freute sich auf das Gestalten von Neuerungen und Unvorhergesehenem.

Da gab es jedoch Hindernisse und Komplikationen.

Um sein Bauvorhaben durchzusetzen, brauchte er viel mehr Platz. Der bot sich ihm nicht. Das Umland von Frankfurt war dicht besiedelt und aufgrund der sehr hohen Mieten innerhalb Frankfurts sehr beliebt. Auf dem Areal, das für ihn infrage kam, standen drei Einfamilienhäuser, bewohnt von einem älteren Ehepaar, von einer alleinstehenden Frau und von einer Familie mit zwei halbwüchsigen Mädchen.

Alle drei Häuser besaßen große, gleichmäßig angelegte Gärten drum herum, teils mit vielen Sitzmöglichkeiten und Grillgelegenheiten. Da wuchsen die gleichen Blumen, standen die gleichen Stauden, lag der gleiche helle Kies auf dem Weg zum Haus.

Alles war passend, alles war sauber, alles war ohne Unkraut, alles war ohne Wildwuchs.

Es schien für die Mieter wohl eine harmonische Angelegenheit. Das missfiel Karl jedoch sehr. Die Firma schrieb die Besitzer der jeweiligen Häuser an, und bot ihnen recht hohe Ablösesummen für den Verkauf ihrer Häuser mit dem Zweck, dass dort das neue Bauvorhaben entstehen könnte. Alle Besitzer lehnten ab mit den unterschiedlichsten Begründungen.

Karl wollte das nicht akzeptieren. Er wollte selbst sein Glück versuchen im persönlichen Gespräch, damit das Geschäft ihm nicht entgehen würde.

Im ersten Haus wohnten Gerbers, er pensionierter Finanzbeamter, sie Lehrerin. Karl stand vor der Haustür. Herr Gerber, ein kleiner Mann von gedrungener Statur, mit grauen Haaren, die eine Seite des Haares hatte er auf die andere hinüber gekämmt, sodass dies den Anschein haben sollte, dass er noch viele Haare hätte, bat ihn herein. Er trug eine schwarze Stoffhose und ein blassgrünes Hemd, das über der Hose hing.

Das fand Hauk ungepflegt, so war sein Vater zu Hause oft angezogen, wenn er von der Arbeit kam. Herr Gerber guckte mürrisch durch seine dicke Brille mit noch dickeren Gläsern.

„Wie soll ich es geschickt und taktisch klug vortragen?", schoss es ihm durch den Kopf.

Eine schlanke, fast hagere Frau mit zerzausten grauen Locken, fahlem Gesicht, und missmutiger Miene betrat den Raum. Misstrauisch beäugte sie Karl, ehe sie ihn mit dünner Stimme kühl begrüßte. Ihre Hand fühlte sich fast trocken und sehr feingliedrig an, Karl hatte Angst sie zu zerdrücken.

„Wir wissen, was Sie von uns wollen", krächzte sie.

Herr Gerber bot Karl einen Platz an, und Karl nahm an einem kleinen braunen Eichentisch Platz, so etwas kannte er von Zuhause. Überhaupt war die Wohnung so wie bei Karl zu Hause eingerichtet, immer dasselbe. Eintönig und dunkel, eichene Einbauschränke. Rundum im Wohnzimmer hingen Köpfe von erlegten Tieren, Wildschweinen, Hirschen, Hasen, Füchsen. Also er jagt, dachte Karl, ein ebenbürtiger Partner wohl, der sein Revier kennt wie er selbst und auch etwas nachjagt.

Karl trug sein Anliegen vor, erntete jedoch sofort harte Ablehnung. Das Ehepaar hatte sich hier gut eingelebt und wollte das Bekannte nicht verlassen. Auch das großzügige Angebot von Karl konnte sie nicht erreichen. Karl verließ die Wohnung ohne einen Erfolg.

Hass machte sich in ihm breit. Es durfte einfach

nicht sein, dass sein gutes Bauvorhaben von solchen Leuten vereitelt wurde. Er brauchte den Erfolg, nicht des Geldes wegen, sondern damit er sich selbst beweisen konnte, dass er aus der Eintönigkeit herausfinden konnte und er rang darum. Neben Hassgefühlen spürte er langsam eine deprimierte fast depressive Stimmung aufkommen.

Die alleinstehende Dame, Frau Mainzer, empfing Karl sehr freundlich, sie freute sich über die Abwechslung in ihrem Alltag. Sie öffnete ihm die Tür.

Im Türrahmen erschien eine Frau, etwa Mitte 50, mit hennagefärbtem Haar. Sie floh mit ihren Sandalen und langen wallenden Kleidern durch den Raum.

Naja, dachte Karl, die ist bestimmt aufgeschlossener trotz ihrer schriftlichen Ablehnung.

Frau Mainzer bat ihn in ihre Wohnung.

Karl sah eine Ansammlung verschiedenster Möbel und Accessoires. Aber auch da erwischte er den langweiligen Stereotyp, das Ökologische, Nachhaltige, Alternative mit Filz und Batik als Programm, nichts wich von einem Konzept ab, so wie er es doch in seinen Wohnungen und bei den Inneneinrichtungen, die er baute und auch mitgestaltete, teilweise versucht hatte. Er starrte die Flokati Teppiche und bunten Batikvorhänge an, und es verschwamm ihm alles vor seinen Augen. Die Tasse Tee die Frau Mainzer ihm anbot, konnte er nur mit zittrigen Fingern entgegennehmen.

„Ist ihnen nicht gut?", fragte Frau Mainzer.

Er verneinte und trank den Tee widerwillig. Wie er das hasste, immer alles nach einem Schema, keine Abweichungen.

Frau Mainzer wollte ihr Haus nicht verlassen, da sie dort ein Malatelier errichtet und einige Kunden gesammelt hatte, die sie nicht verpflanzen wollte. Geld zählte für sie nicht viel.

In Karl brodelte es, er fand keinen richtigen Schlaf mehr, hatte endlose Denkschleifen, wieso die Leute nicht aus ihren Häusern gehen wollten. Zu anderen Zeiten war sein Kopf völlig leer. Er war doch auch flexibel, wieso wollten sie ihre Monotonie nicht verlassen?

Wieso darf ich nicht kreativ sein und mich ausleben? Wie kann ich die Leute überrumpeln?

Mittlerweile besetzte ihn diese Idee sehr, er hatte keinen Appetit mehr, wurde schmal, fing an, sich zu verändern. Er konnte es nicht ertragen, dass jemand anders dachte als er, ihm wurden doch sonst keine Steine in den Weg gelegt. Karl nahm an Treffen mit Kollegen nicht mehr teil, zog sich innerlich und äußerlich zurück. Schweigsamkeit nahm Raum ein.

Er saß oft stundenlang stumm vor seinem PC und starrte auf den Bildschirm. Manchmal träumte er von ihn verfolgende Häusern, oder sie verschwammen alle zu einer unförmigen bedrohlichen Masse. Er nahm seinen Zustand als kritisch wahr. Er zwang sich täglich in die Stadt und auch hin zu seinem Bauvorhaben zu gehen, was ihn große Überwindung kostete. Das letzte Haus hatte er sich noch nicht vorgenommen.

Trauer wechselten bei ihm ab mit Wut auf die Bewohner, Mord- und Selbstmordgedanken.

Jetzt hatte er in seinem Leben so viel getan trotz Anstrengungen und Detailveränderungen und kam nicht raus aus der Monotonie, selbst seine Gedanken wurden monoton und beinhalteten immer dasselbe. Selbst sein Name war monoton.

Was kann ich ändern?

Wie komme ich raus aus der Eintönigkeit?

Er fühlte sich wie in einem inneren Gefängnis. Seine Gesichtszüge wirkten mittlerweile unkoordiniert und hektisch, er nestelte an seiner Kleidung herum mit unmotivierten Gesten, konnte seine Arbeit nur noch schlecht vor Ort verrichten, vieles erledigte er daher von zu Hause aus.

Das letzte Haus hilft vielleicht weiter, dachte er. Wenn ich die überzeugen kann, dann werden die anderen sicher nachziehen. Aber alles in allem zweifelte er an seinem gesamten Weltbild. Alles hatte er bisher geschafft, alle Schwierigkeiten gemeistert.

Mit letzter Kraft suchte er das letzte Haus auf, das Ehepaar mit den zwei halbwüchsigen Kindern.

Frau Stadler öffnete ihm die Tür, dahinter standen eine 17-jährige und eine 15-jährige Tochter. Frau Stadler sah recht attraktiv aus mit ihren blonden langen Haaren, sie war schlank und sportlich gekleidet, die 17-jährige Tochter ganz das Ebenbild der Mutter.

Er wurde hereingebeten und kam in ein modern eingerichtetes Wohn- und Esszimmer mit hellen freundlichen Ikea-Möbeln. Neben einer hellbraunen Vitrine befand sich ein Esstisch mit den üblichen alltäglichen Dekoartikeln darauf. Frau Stadler bot an, ihm das Haus zu zeigen, aus dem sie nicht ausziehen wollten.

Karl schaute es sich an, und das gab ihm den Rest. Er traute seinen Augen kaum.

Die ältere Tochter hatte sich ein schwarz und mit lila Streifen versehenes eingefärbtes Zimmer eingerichtet. Gelbe Vorhänge umrahmten ein Fenster. Alle Möbel waren schwarz, die Wände rot gestrichen und die teuren Musikanlagen mit roter Umkleidung deutlich sichtbar. Sie hat's geschafft. Sie hat's geschafft, spukte es in seinem Kopf herum.

Karl drehte sich der Magen um, er dachte an seine eigene Jugend und sein Bemühen, etwas Individualität in sein Zimmer zu bekommen, was ihm immer verwehrt worden war. Er schluckte, ihm wurde schwindelig, und er musste das Zimmer schnell verlassen. Fluchtartig stolperte er aus dem Haus, wie ein Getriebener stieg er in sein Auto und fuhr davon. Ein Zuviel für ihn. Das ertrug er nicht mehr, er hyperventilierte.

Beim tödlichen Unfall gab es keine Bremsspuren, und die Straße war frei gewesen.

Das Credo

„Das versichere ich Ihnen", hieß sein Leitspruch und sein Credo. Herr Müller unterbreitete das jedem, nicht ohne leichte Ironie in der Stimme.

Eigentlich erschien alles wie immer. Die Familie Müller lebte und liebte wie jede andere. Vater Elmar Müller arbeitete als angestellter Versicherungsvertreter, ein gutaussehender schlanker Mann, 44 Jahre alt, mit dunklem vollem Haar und einer sportlichen Figur, gesund aussehend und braungebrannt. Er wirkte erholt, obwohl er, wie er sagte, immer viel zu tun habe. Saß er an seinem Schreibtisch, strich er sich fast rituell immer wieder durch sein welliges Haar, und wenn er nicht mehr weiterwusste, was selten vorkam, wechselte seine braune Gesichtsfarbe in eine gelblich fahle.

Er stammte aus einer Versicherungsfamilie. Seine Eltern hatten ein Versicherungsbüro betrieben und dies bis vor kurzem mit dem Sohn gemeinsam geführt und gestaltet. Jetzt befanden sich beide Eltern in Rente. Elmar Müller führte den Beruf seines Vaters fort, jedoch als Angestellter in einem kleinen Versicherungsbüro.

Es bereitete ihm Spaß, die Menschen gegen etwas zu versichern. Bei vielen Versicherungen, die er verkaufte, wusste er allerdings genau, dass sich diese nicht lohnten und den Versicherten eventuell noch schädigen würden. Letztlich interessierte ihn das aber nicht, manchmal hatte er sogar eine gewisse Häme, dass die Menschen sich so etwas von ihm aufdrängen ließen.

Versicherungen zu verkaufen hatte ihn schon immer fasziniert, denn er dachte: „Bin ich versichert, kann mir nichts passieren." Er wollte abgesichert sein gegen alles auf der Welt. Elmar Müller galt als Mensch mit Angst vor Neuerungen und Veränderungen, mit Lebensangst. Das übertrug er oft in seinen Verkäufen auf die Kunden.

Er erlebte seine Eltern oft am Rande des Existenzminimums lebend, Versicherungen hatten ihnen letztlich nicht geholfen, vielleicht verfolgten sie eine falsche Strategie.

Er fühlte sich von Versicherungen besessen, hasste sie aber auch gleichzeitig, da er spürte, dass man sich doch nicht gegen alles im Leben versichern konnte. Das war seine quälende Zerrissenheit.

Seine Ehefrau Anne, eine Physiotherapeutin, arbeitete angestellt in einer kleinen Praxis. Kompakt und kräftig, wie sie war, konnte sie ordentlich zupacken, daher traute man ihr die Behandlungen in der Praxis gut und gern zu. Dazu passte ihr dunkelblondes krauses Haar mit der praktischen Kurzhaarfrisur. Elmar fühlte sich bei ihr sicher.

Das Paar hatte zwei kleine Kinder, Max, fünf Jahre, und Leon, sieben Jahre. Gegen alles versicherte er vor allem seine Kinder, die ja noch nicht mitbestimmen konnten und die er nicht vorher um ihr Einverständnis fragen musste. So gab es eine Versicherung gegen Unfälle mit dem Roller, eine Versicherung gegen Impfschäden, eine Versicherung gegen Glasschäden, eine Versicherung gegen verursachte Schäden beim Nachbarn, etc. Wenn er gekonnt hätte, hätte er sie sogar gegen die Folgen von Liebeskummer versichert.

Das Paar lebte ein geregeltes Leben mit Kontakten zu Freunden, sie gingen essen, schliefen jeden Dienstag miteinander, trafen sich mit anderen Eltern von Kindern, mit denen ihre Kinder spielten. An Wochenenden machten sie Unternehmungen, besuchten Zoos oder Freizeitparks, gingen ins Schwimmbad oder ins Kino mit den Kindern.

Versicherung war Elmars beherrschendes Lebensthema. Als Kind schon sicherte er sich immer ab bei allen Dingen, die er tat. Traf er sich mit einem Freund nach der Schule, so versicherte er sich mehrere Male, dass dieser auch wirklich kommen würde. Er rief bei dessen Eltern an oder sogar bei dessen Nachbarn, wenn der Freund nicht sogleich erreichbar war.

Im Laufe der Zeit merkte Herr Müller, dass er mit seiner und auch der Ängstlichkeit seiner Kunden gut Geld verdienen konnte, auch damit, dass er Leute überversicherte. Das nutzte er weidlich aus, genoss die Prämien.

In der Folgezeit häuften sich Zwischenfälle und Unfälle von Kunden, denen Herr Müller eine Versicherung verkauft hatte, die aber aufgrund der Klauseln jedes Mal von Herrn Müller abschlägig beschieden wurden hinsichtlich ihrer Forderungen.

Eines Tages trug Frau Irmgard Albers ein Bauvorhaben an ihn heran mit der Bitte, das Haus gegen Wasserschäden und sonstige Vorkommnisse zu versichern. Frau Albers, pensionierte Lehrerin, wollte sich von ihrem Ersparten ein neues Domizil bauen lassen, in dem sie bis zum Lebensende bleiben könne. Sie war nicht reich, aber gutsituiert, mit einer hohen Pension. Als übergenaue Lehrerin, exakt und akkurat, stand sie steif in der Eingangstür ihres Hauses mit ihrer etwas aus der Zeit gefallenen Hochsteckfrisur. Hinter der dicken Brille musterte sie ihr Gegenüber genau. Sollte ein Bauvorhaben mit ihr zustande kommen, musste sich Herr Müller nicht um seine Versicherungsprämien sorgen.

Frau Albers teilte ihm genaue Vorstellungen mit, wie das Haus zu gestalten sei. Im Eingangsbereich wollte sie einen großen Wohnraum mit Ess -und Sitzecke haben. Das Wohnzimmer sollte eine Tür zur Terrasse bekommen, sodass sie schnell im Grünen sein konnte. Sie stellte sich als Krönung ihres Bauvorhabens einen kleinen Teich im Garten vor, ein Biotop. Ebenso wollte sie einen Außenpool für sich zum Schwimmen. Alles zusammen bestand ihr Areal aus 600 m². Da gab es für Herrn Müller einiges zu tun und abzugreifen.

Das Bauvorhaben wurde umgesetzt, und das Objekt nahm langsam Gestalt an.

Nach einem ¾ Jahr war das Haus fertiggestellt und Frau Albers zog ein. Zwei Monate nach ihrem Einzug ging sie zum Pool, um nachzusehen, ob alles in Ordnung sei. Ein paar Blätter schwammen darin herum, Frau Albers fischte sie heraus und erschrak, als sie sah, dass sich Fliesen vom Rand des Pools gelöst hatten. Sie ging langsam in Richtung Haus und setzte sich erschöpft auf eine Bank, wütend und enttäuscht. Ihr Herz schlug wild in ihrer Brust, und sie fürchtete, sie könne keine Luft mehr bekommen.

Langsam beruhigte sie sich, stand auf und wankte ins Haus. Sie rief Herrn Müller an und fragte, was denn los sei, wieso es möglich sei, dass ein solcher Schaden nach so wenigen Monaten seit ihrem Einzug auftauche. Herr Müller meldete sich nicht. Sie hatte doch eine teure Versicherung dafür abgeschlossen, dass der Pool sauber und ordentlich sei und auch lange halten sollte.

Herr Müller, mittlerweile unterwegs zu seinem nächsten Kunden, einem jüngeren Herrn, ignorierte ihren Anruf.

Der nächste Kunde, Herr Siegfried Lummer, alleinstehend, Verkäufer, erschien als Mann mit hängenden Mundwinkeln, triefenden Augen, und einer schnarrenden Stimme. Jedes Mal, wenn er sprach meinte man eine Kreissäge zu hören. Herr Müller konnte ihm schlecht zuhören, seine Stimme ging ihm bis ins Mark.

Herr Lummer wohnte in einer kleinen Siedlung am Stadtrand von Frankfurt. Dort lebten viele Migranten, was ihn nicht störte, solange sie ihn in Ruhe ließen. Nun, es war nicht die beste Wohngegend, aber mehr hatte er sich nicht leisten können, da seine Frau ihn verlassen und ihm das Sorgerecht völlig überlassen hatte. Sie kümmerte sich wenig um die gemeinsame Tochter. Herr Lummer musste für den Lebensunterhalt allein aufkommen, was nicht immer einfach war. Die Tagesmutter kostete einen großen Teil seines Gehaltes.

Elmar Müller stand vor der Tür und bot ihm eine Unfallversicherung, eine Arbeitsunfähigkeitsversicherung und eine Ausbildungsversicherung für sein Kind an. Herr Lummer bat ihn herein und bot ihm einen Platz an. Die Konditionen waren auf den ersten Blick transparent und verständlich. Herr Lummer willigte ein. Er unterschrieb den Vertrag.

Zufrieden schlenderte Herr Müller zu seinem Auto und fuhr nach Hause. Da erreichte ihn wiederholt ein Anruf von Frau Albers, der Pool sei undicht. Herr Müller fuhr sofort hin und versuchte, Frau Albers zu beruhigen.

Er sah sich die Versicherung von Frau Albers an, und fand keine Klausel, die sich auf diesen Fall beziehen ließ. Das teilte er Frau Albers mit unbewegter Stimme mit. Sie diskutierte sehr erbost mit ihm, hatte sie doch viel Geld für diese Versicherung bezahlt. Sie erlebte die Transaktion als Betrug und warf Herrn Müller aus ihrem Haus.

Herr Müller ging nach Hause, alles wirkte wie immer. Letztlich interessierte es ihn nicht sehr, wichtig war nur, was er verkauft hatte.

Dann hatte Herrn Lummers Tochter einen Unfall mit ihrem Rädchen, was er Herrn Müller mitteilte. Herr Müller fand nun so viele Lücken im Vertrag, dass er Herrn Lummer keine Zusage über den Ersatz des Rades und seine Forderung nach Schmerzensgeld machen konnte. Mit hochrotem Kopf und schnarrender Stimme verwies er Herrn Müller des

Hauses. „Das hat ein Nachspiel!", schrie er.

So ging es immer weiter und immer weiter mit vielen Kunden, die Herrn Müllers Werben erlagen und Schäden davontrugen, für die die abgeschlossenen Versicherungen nicht wirksam wurden. Sie schimpften auf ihn, bedrohten ihn und waren bitter enttäuscht von seinen Angeboten.

Es war ihm nicht wichtig, letztlich drang nichts zu ihm durch. Alles war wie immer.

Eines Abends, es war neblig und nass, hörte er nicht definierbare Geräusche aus dem Garten. Eine dunkle, sich in Richtung seines Hauses bewegende Menge kam bedrohlich näher. Abgehackte scharfe Sätze wie „Ich versichere es Ihnen" drangen als Singsang an sein Ohr. Er hielt sich beide Ohren zu, sein Gesicht wurde puterrot, und Schweißperlen liefen ihm in sein Hemd. Sein Herz raste.

Sie kamen langsam auf sein Haus zu, säumten die Straße und riefen immer etwas in seine Richtung. Verstehen konnte er nur wenige Sätze, es war eher ein tiefes Raunen, unterbrochen von einzelnen schrillen Schreien und geheimnisvollem Flüstern. Die Gestalten waren dunkel gekleidet mit spitzen weißen Hüten auf dem Kopf, ihre Augen leuchteten hell, und sie trugen Fackeln vor sich her, die die Nacht grell erleuchteten. Langsam schlichen sie im Rhythmus ihres Singsangs auf sein Haus zu.

Herr Müller konnte sich keinen Reim auf diesen Auftritt machen. Mit starr aufgerissenen Augen starrte er auf die sich nähernde Menge. Sie strahlte Bedrohung und Schwärze aus, einheitlich und geschlossen. Er schrie nach seiner Frau, erinnerte sich jedoch im selben Moment daran, dass sie zu ihrer Freundin gefahren war. Die Kinder schliefen, die wollte er nicht beunruhigen.

Die Gefahr wurde drängender für Herrn Müller. Er zitterte am ganzen Leib, sein Puls raste, er dachte er müsse sterben. Er spürte eine Kältewelle im ganzen Körper, und sein Atem schob sich in Schüben über seine Lippen hinaus. Sein Mund war trocken und in seinem Gedärm rumorte es, seine Wangen glühten vor Angst und Erregung. Seine Augen traten schreckgeweitet aus den Höhlen.

Mittlerweile erreichten die düsteren Gestalten sein Haus, bedrohlich und gewaltsam drangen sie ein, rissen den Gartenzaun nieder. Das war ein Tosen und Bersten, das Holz schlug hart auf dem Boden auf. Sie schrien: „Wir versichern dir dein Leben nicht!" Grausam wirkender Dunst stieg hoch. Herr Müller schrie gegen die Gefahr an, ihm stockte der Atem und — er erwachte schweißnass.

Am nächsten Tag kündigte er alle Versicherungen und auch seinen Arbeitsplatz.

Ein Liebes-Märchen

Es waren einmal drei Freundinnen, sehr enge Freundinnen, Hera, Leda und Nymphe. Sie hatten einander sehr gern. Sie unternahmen viel zusammen, gingen zusammen ins Kino oder ins Theater, und wohnten gemeinsam in einem schönen weißen Haus in Hamburg an der Alster, das Hera von ihrem Onkel geerbt hatte. Hera arbeitete als Sozialpädagogin mit schwierigem jugendlichem Klientel. Jeden Abend saß sie mit ihren lieben Freundinnen zusammen, erzählte von ihren Sorgen und Nöten, die Freundinnen lauschten ihr und gaben ihr Mut. So fühlte sich Hera geborgen und wohl.

Lange güldene Locken fielen ihr auf die Schultern, und umrahmten ihr elfengleich anmutiges Gesicht. Ihre zartrosa Gesichtshaut verlieh ihr etwas Unwirkliches, Durchscheinendes. Die Augen schimmerten blaugrün wie das weite Meer. Mit bunter Kleidung und wehenden, wie Seidenbänder umherfliegenden, Röcken wandelte sie durch die Welt. Große buntgeblümte Tücher verhüllten sanft ihre Schultern.

Leda hatte eine stämmige Statur, dichtes braunes

Haar, trug gern grüne derbe Gummistiefel, eine graue wattierte Weste und Jeans, arbeitete während der Woche auf einem Ökobauernhof, den sie zusammen mit ihren Eltern bewirtschaftete und leistete dort ihre Dienste als Gärtnerin. Sie ging auf in ihrer Landwirtschaft, ihrem Land mit ihren Rindern und Blumen.

Nymphe, die älteste der drei Freundinnen und die eigensinnigste wollte alles nach ihrem Willen gestalten. Geschah es nicht so, wurden ihre Augen düster und die Lider schwer, sie ähnelte dann mit ihren feuerroten struppigen Haaren einem bösen Troll. Die Freundinnen wollten helfen und bezwangen diesen Zauber. Wundersamerweise nahm sie diese Gabe an und schaute alsbald heller drein.

Sie arbeitete in einer Schänke als Bedienung und hatte die beiden Freundinnen bei ihrer Arbeit kennen gelernt. Sofort spürten die Frauen, dass ihre Herzen eine tiefe Verbindung hatten. Ihre Sehnsucht nach Gleichklang wurde erfüllt von den beiden Freundinnen.

Die drei Frauen lebten ihre Harmonie, und wer diese störte, den schickten sie fort.

Es trug sich nun zu, dass die drei Freundinnen planten, ins Reich der griechischen Götter, Göttinnen und antiken Tempel zu reisen. Die Insel hinter dem Horizont inmitten des blauen Meeres verhieß

Sonne, Heiterkeit, Leichtigkeit des Seins. Sie kamen auf der Insel in ihrer Lagerstätte an, verliebten sich sofort in die karge, steinige, oft graue und braune Landschaft.

In der Herberge standen drei Betten in einem fensterlosen Zimmer. Ihre Herzen klopften im Gleichklang, oft summten sie dieselbe Melodie, gingen im Gleichschritt über die Insel. So saßen sie eines Tages an einem lauschigen Sommerabend gemeinsam auf den Treppenstufen einer Taverne und betrachteten mit staunenden Augen den malerischen Sonnenuntergang.

Nikos, ein großer schwarzhaariger Jüngling mit feurigem Gemüt, lebte in einer bescheidenen Behausung nebenan. Er ging Diensten in einem Lokal nach und versorgte die Gäste mit Wein aus Tonkrügen. Alle labten sich am Wein und den guten Speisen.

Da geschah es eines schönen Tages, dass sich Hera in diesen Jüngling verliebte.

Sie traf ihn in abgelegenen Winkeln der Gaststätte, wo Unrat sich türmte, und dort an diesem unwirtlichen Platz tauschten sie heimlich ihre ersten leidenschaftlichen Küsse aus. Sie gab sich ihm hin voller Leidenschaft, ließ ihre Liebe erblühen. Nachts schlich sie sich mit wild klopfendem Herzen auf Zehenspitzen aus dem Zimmer, um in der

Dunkelheit das Stelldichein mit ihm zu genießen. Sie küssten sich in hellen Mondnächten in der dunklen Bucht. Heras Augen leuchteten und erhellten die Nacht zusätzlich.

Die zwei Freundinnen nahmen Heras Wandlung wohl wahr. Das Unheil hatte die Gruppe erreicht. Misstrauen und Missgunst machten sich breit.

„Der ist nichts für dein Herz, er wird es brechen", warnten sie.

Missgunst und Neid wühlten ihre Herzen auf, denn auch Nymphe und Leda hatten sich in diesen stolzen Jüngling verliebt und schauten ihm mit schmachtenden Augen nach, wenn er die Gäste bediente.

Ein eisernes Band von Neid und Hadern umschloss fortan die Herzen der drei Frauen, brach und zerstörte sie. Ein Feuer aus Hass entfachte sich, das kaum zu bändigen war. Uneinigkeit vergiftete ihre Herzen, z. B. wer das bequemere Bett bekam, wer zuerst den Kaffee erhielt, wer das Licht löschen durfte. Fast täglich stoben sie auseinander, so als hätte Nikos einen mächtigen und gemeinen bösen Zauber gesandt, der sie nicht mehr zusammen sein lassen durfte.

Nikos hatte sie in Zwietracht und im Wettstreit zurückgelassen, er hatte ihr trautes Glück zerstört. Das war auch für Hera arg und traurig. Die drei

Freundinnen schauten sich mit kalten Augen an, und mit ihren Händen wischten sie jede private Geste von sich weg. Innige Umarmungen fanden nicht mehr statt, gemeinsame Restaurantbesuche und die Abende am Strand wurden zur absoluten Seltenheit. Alle litten, und jede für sich suchte nach einem Weg, das Leid zu tilgen, sich wieder zur einstigen Glückseligkeit zu verhelfen. Aller Augen brannten vor Schlaflosigkeit, schweren Träumen und Herzensschwere. Niemand hatte das Recht, sie zu trennen.

Es begab sich eines Tages, dass die drei Freundinnen Nikos zu einer romantischen Bootsfahrt einluden. Er erfreute sich über ihren Vorschlag, und sie stachen in See.

Das Meer lag wie ein dunkelgrünes Blatt vor ihnen, unergründlich tief und mit kleinen weißen Gischtstreifen. Es schimmerte geheimnisvoll und finster, die kleinen Wellen brachen sich in regelmäßigen Abständen plätschernd am Rumpf des Bootes, fast täuschte deren Rhythmus etwas Beruhigendes vor.

Die Blicke der Freundinnen wanderten unruhig hin und her, sie fixierten Nikos, lächelten ihn an, waren geheimnisvoll und glasklar. Hera setzte ihre Mundharmonika an die Lippen und es erklang eine wunderschöne griechische Weise, Leda und

Nymphe summten leise dazu die Melodie.

Die Atmosphäre wirkte dunkel, bedrohlich und spannend. Nikos wusste nicht, wem er sich zuwenden sollte, sein Blick ruhte mal auf Hera, mal auf Leda, dann auf Nymphe. Er fühlte sich als verwunschener Prinz inmitten der drei schönen Feen, aber kalte Fesseln umschlangen sein Herz, und Schweiß perlte auf seiner Stirn. Der Himmel verfinsterte sich, und seine Zähne klapperten aufeinander.

„Jetzt könnten wir drehen, es ist schon spät", bat er, aber keine der drei Frauen erhörte seinen Wunsch, der schon einem Flehen glich.

Eine wundersame Verwandlung der drei Frauen nahm er wahr. Das Boot fuhr und fuhr, entfernte sich vom nur noch verschwommen zu erkennenden Ufer. In der Ferne glitzerten die Lichter der kleinen Stadt, sie sahen aus wie kleine Hoffnungsschimmer im trüben Wasser. Die Nacht war dunkel und das Boot die einzige Lichtquelle auf dem Meer.

„Wir machen einen so zauberhaften Ausflug", flötete Leda und schaute verklärt in den schwarzen sternenlosen Himmel.

Nikos verfiel in einen melancholischen Singsang, und alle drei Kehlen stimmten leise und fast wehmütig mit ein. Die Melodie floh in die Nacht hinaus. Ein trauriges griechisches Lied erzählte von Abschied und Tod. Nikos Herz lag wie ein Stein in seiner Brust. Sein Vater hatte es ihm oft vorgesungen in lauschigen Nächten, ehe er damals in die Ferne zog, ohne ein Zeichen von sich zu hinterlassen. Nikos Gedanken kreisten um diese traurige Zeit.

Als die drei Frauen das Boot ruhig vertäuten und langsam und schwerfällig an Land wanderten, verwandelte die aufgehende Sonne das Meer in gleißendes goldenes Licht. Als alles vollzogen und ihr Leid nach getaner Arbeit zu Ende war, sagten sie sich: „Mit Nikos war es doch auch schön", und so lebten sie glücklich und zufrieden bis an ihr Lebensende.

Im Gegenzug

„Wie sieht der denn aus?", johlend und feixend um-
kreiste eine Horde von fünf Jugendlichen den Ob-
dachlosen, sie zupften ihn an seinen ausgefransten
Ärmeln, schubsten ihn hin und her. Er verlor den
Halt. Seine Füße verhedderten sich, er konnte sich
mit seinen Händen gerade noch abfangen. Wieso taten die das?

Der alte Mann mit seinem zerfurchten Gesicht,
den hängenden Lidern und der rot geäderten Gesichtshaut, in der die Adern wie ein Wasserfall aus
roten blutigen Rinnsalen zu fließen schienen, fixierte die Jugendlichen mit stechendem Blick. Seine
Nase ragte aus dem Gesicht mit der großporigen
Haut und erschien übermächtig und rot. Die Klei-
der umwehten ihn wie windgebeutelte Zeltplanen
bei jeder Bewegung. Er roch muffig und ungewa-
schen.

„Lasst mich in Ruhe", schnaubte er, und zeigte
seine kaum vorhandenen braunen Zahnstummel.
Dennoch waren seine wasserblauen Augen klar
ausgerichtet, und er wirkte mit seinem stechenden
Blick bedrohlich. Die Haare standen verfilzt vom

Kopf ab, als kämen sie aus einem Gewittersturm. Graue Strähnen hingen in seinem abgezehrten Gesicht. Die Stimme klang rau wie Schmirgelpapier, und trotz ihrer Heiserkeit eindeutig. Die Buchstaben fielen wie auf eine blecherne Kehrschippe aus seinem Mund. Auf dem Rücken führte er sein geschnürtes Bündel mit sich, eine Schlafunterlage und eine Plastiktüte, die seine Schätze barg.

Die fünf Jugendlichen, in ihrer Einheitskleidung mit Jeans und Kapuzenpulli kaum voneinander unterscheidbar, bildeten in ihrer Einheitlichkeit eine amorphe Masse.

„Ich kann euch was erzählen", flüsterte der alte Mann plötzlich, und Neugier erwachte bei ihnen. Einzelne der amorphen Masse hielten inne. Sie setzten sich zusammen auf eine Parkbank, und er fixierte vom Boden aus, wo er sich hingesetzt hatte, mit seinem Blick einen Jugendlichen, der durch seine besonders abfälligen Bemerkungen aus der Gruppe hervorstach.

„Ich zeige euch was Kälte ist, ich kenne mich damit aus. Erfrorene Hände, gefühllose Zehen, defekte und löchrige Schuhe. Weder habe ich meine Arbeit verloren noch meine Wohnung noch meine Beziehung. Ich lebe so, weil ich es will. Ich kann tun und lassen, was ich will, und spucke der Gesellschaft ins gerechte Auge. Retter gibt es viele, wie ihr vielleicht wisst. Ihr seid sicher nicht von dieser Sorte, aber ihr sucht den Wettkampf, wollt euch messen. Das ist eigentlich gut, kann aber auch gefährlich enden."

„Ey Alter, was sollen wir schon von dir, Penner, befürchten, und womit sollen wir uns messen wollen?"

„Als ich etwa so alt war wie ihr, lief ich oft von Zuhause weg, weil ich meinen prügelnden Vater nicht mehr ertragen konnte. Meine ruhige und zurückhaltende Mutter hingegen war anders. Was sie eigentlich von ihm wollte, habe ich nie begriffen. Ich habe es einfach nie verstanden, warum die beiden geheiratet und mich in die Welt gesetzt haben. Mit meiner zehn Jahre jüngeren Schwester verband mich wenig. Einen Schulabschluss mochte ich nicht machen, ich ging einfach nicht mehr hin, hasste die Lehrer und ihr Besserwissen. Jetzt schlage ich mich so durch, geht aber ganz gut." Er hielt inne.

Einige der Jugendlichen lachten Beifall heischend, die anderen winkten abfällig ab. Ein besonders großspuriger Jugendlicher hob sich von den anderen ab. Er ahmte den alten Mann nach: „… schlage mich so durch, ich armer Kerl. Bla bla, was du so alles für 'n Stuss erzählst, glaube ich dir nicht. Alter, meine Eltern sind viel schlimmer, haben mich tagelang im dunklen Keller eingesperrt, wenn ich was Doofes gemacht habe", konterte er.

Der Himmel zog sich zu, und die Luft roch nach Schnee und eisiger Kälte. Den alten Mann fröstelte, er zog seine zerfledderte, viel zu dünne Jacke enger um sich und schnürte seinen mageren Körper damit ein. Gebeugt und zitternd zog er mit seinem geschnürten Bündel auf hochgezogenen Schultern weiter und setzte Schritt vor Schritt fort mit tödlicher Zielstrebigkeit. Um ihn herum klirrte der Frost, Nebel senkte sich auf die Gruppe herab. Die Sicht verschlechterte sich.

Der Junge von eben setzte dem Alten nach und verhöhnte ihn weiterhin. „Du stinkst, bah! wie du stinkst …" und hielt sich dabei die Nase zu.

Der Junge folgte dem alten Mann, die anderen aus der Gruppe blieben jedoch zurück, verharrten, wollten wohl abwarten, wie es jetzt weiterging.

Der Alte hörte alles, nahm die abfälligen Worte in sich auf, sog sie ein wie giftiges Wasser und fasste einen Plan. „Er soll seine Kraft beweisen", dachte er.

Nahe am Geschehen gab es einen kleinen Park, der unheimlich im Dunkel lag. Stimmen schwirrten in ihm herum. Unbeirrt lief der Obdachlose weiter. Gefrorenes Laub knisterte laut unter seinen Schritten und verhedderte sich hier und da in seinen undichten kaputten Schuhen. Die Bäume drohten im

Nebel finster mit ihren kahlen Ästen. Dunkelheit und Zorn hielten den Alten wach.

Der Junge steuerte auf ihn zu.

„Wo willst du denn so schnell hin, Alter", schnarrte er und konnte sich ein teuflisch-höhnisches Grinsen nicht verkneifen.

Doch der alte Mann lief einfach weiter, und während er so lief, dachte er an seinen Heimatort …

Dort kannte man den Alten. Er war immer wieder durch Sprünge im Gespräch aufgefallen, durch Widerhaken im Kommunikationsgepäck.

Die Bewohner seiner Heimatstadt hatten Angst vor dem Mann, der so anders war, als alle anderen, und unberechenbar. So konnte er Passanten plötzlich ohne jegliche Erklärung beschimpfen, was ihn gefährlich erscheinen ließ. Jeder ging auf Abstand. Die Eltern waren früh verstorben und hatten ihm ein kleines Haus vererbt. Er verkaufte es, ging auf Trebe und gab sein Geld im Laufe der Zeit aus, ohne sich über irgendwas Gedanken zu machen. Der Kopf war oft voll mit all den Eindrücken aus der Vergangenheit, mit Bildern, die ihn fast zum Platzen brachten. „Ich muss weg von hier, einfach nur weg von hier", dachte er immer und immer wieder.

Der Junge rannte ihm nach.

„Hey, bleib stehen, Alter!"

Der Ruf erreichte den alten Mann, doch er

überhörte ihn geflissentlich, sein Schritt folgte unbeirrt weiter seinem eigenen kalten Weg. Der See war zugefroren und schimmerte tiefblau im Nachtlicht. Die Sterne spiegelten sich im Eis. Die Oberfläche war von kleinen Adern durchzogen, von Unterbrechungen im Eis, das war spannend. Der See war nicht gleichmäßig zugefroren, dazwischen klafften immer wieder Spalten, dunkel, tief und unergründlich. Einige Schollen tanzten auf dem Wasser hin und her, klackerten, knisterten oder knirschten geheimnisvoll, wenn sie zusammenstießen.

„Was soll ich hier? Bleib stehen, du alter Sack!"

Stumm hastete der alte Mann weiter mit eindeutigem Ziel. Der Junge beeilte sich nun, um ihn zu erreichen. Er schubste ihn von hinten. Der alte Mann rutschte aus und fiel hin, stand mit kaltem und vereistem Gesicht auf, seine schäbige Hochwasserhose war an den Beinen zerfetzt.

„Lass uns ein Spiel machen", sagte er. „Du willst dich doch messen mit mir altem Sack."

Längst war der Abstand zwischen beiden klein, sie standen sich gegenüber.

„Schau mal, ich kann tanzen", rief der alte Mann und sprang behände von Eisscholle zu Eisscholle, die klirrten und verrutschten, aber er hielt die Balance.

„Eisspringen nenne ich das, versuch's mal, wir

werden sehen, wer sich auf den meisten Schollen lange halten kann, das ist nicht schwer."

Am Ufer angekommen, sprang der Junge sodann aufs Eis und hüpfte von Scholle zu Scholle.

„Was du kannst, das kann ich allemal," höhnte er. Ab und zu erwischte er eine glatte, unbeschädigte Eisfläche und rutschte vergnügt hin und her. Er streckte dem Alten die Zunge heraus.

„Gehen wir ein Stück am Ufer entlang, da gibt's noch schönere große Schollen", lockte ihn der Alte.

Der Junge sah ihn von oben bis unten mit verächtlichem Blick an und grinste. „Klar, dann knallst du ins Wasser, säufst ab, wie deinesgleichen, ich rette dich nicht", kicherte er.

Der Alte begann seinen bizarren, einem Totentanz ähnlichen Tanz im fahlen Licht, man konnte meinen, er habe ihn jahrelang geübt. Dabei klatschte er mit seinen löchrigen Handschuhen in die Hände, bis man einen dumpfen Applaus wahrnehmen konnte. Bein hoch, Bein runter, aufsetzen, rutschen, schlittern, klirren, die Nacht war erfüllt von der Eisspringmusik. Klack, klack, das liebte der alte Mann.

Der Junge tat es ihm gleich. „Klack, klack, klack, du alter Sack, nimm dein Gelump und olles Pack", grölte er und sprang von Scholle zu Scholle.

Doch plötzlich rutschten einige Schollen weg,

das Wasser darunter schimmerte schwarz.

Der Atem des nach Halt suchenden Jungen röchelte und seine gemusterten Fußspuren waren deutlich. Seine Zehen krallten sich in die nassen Schuhe wie Widerhaken. Langsam schlich sich eine kalte Erkenntnis in sein Bewusstsein. Die Welt um ihn herum fiel zusammen und erfror.

Der alte Mann indes kannte den sicheren Weg von der Eisscholle zurück zum Ufer, und verschwand in der schwarzen Nacht.

MIX

Papier | Fördert
gute Waldnutzung

FSC® C083411

Zeitfracht Medien GmbH
Ferdinand-Jühlke-Straße 7
99095 Erfurt, Deutschland
produktsicherheit@kolibri360.de